超馬童話3
大冒險
我們不同國

劉思源／王文華／林世仁／王淑芬／亞平／王家珍／賴曉珍／顏志豪 ● 著
蔡豫寧　等 ● 繪

推薦序

八仙過海，各顯神通

林文寶　臺東大學榮譽教授

週末夜晚，我習慣在家觀賞歌唱節目，電視臺重金禮聘兩岸三地當紅歌手，為他們舉辦歌唱比賽。各自在市場上擁有千萬粉絲的明星們，被摘下光環，轉變成選手身分，必須在殘酷的戰場上相互較量。每個人各憑本事與實力，必須擄獲觀眾芳心，才能得到選票生存下來，否則將被無情淘汰，最後誰能存活就是冠軍。這儼然是歌唱版的生存遊戲，原本打算讓歌聲洗滌腦袋、徹底放鬆，卻意外跟著賽況起伏緊張。

如此巧合，字畝文化出版社來信詢問是否能為新書寫序，發現他們竟然是找來八位成名童話作家，依照同樣命題創作童話，完成的八篇作品，將被放在同一本書裡，任由讀者品評，多麼有挑戰性！但也多麼有趣啊！這跟我所看的歌唱節目根本沒有兩樣，但似乎更有看頭！仔細閱讀整個系列企畫，才知道這是一個超級馬拉松的概念，意思是指這一群童話作家，歷時兩年，共同創作八個主題的童話，最後完成八本書，換言之，這場戰爭總共會有八回合，而這本書是第三回合，主題：「對立——不同國」。

果不其然，高手過招，精采絕倫，每位作家根本沒在客氣，毫無保留展現自己的堅強實力，表面客氣平和，但從作品水準可見，每一篇作品都拿出大絕招，無所保留，讀著讀著，連我這個老人家都沸騰起來。

八仙過海，各顯神通。八位作家，八種風景，八種路數，八種風格，真的讓我驚艷與驚喜。這場超級馬拉松，逼迫選手不得不端出最強武器，展現最厲害的招式。閱讀過程中，我或許真的可以理解，為什麼他們是這片武林中的高手？因為從他們的作品中，可以感受到他們稱霸武林的銳氣與才氣，他們獨一無二，他們無法取代，我想這或許也是他們成名的原因吧。

光有好選手是不夠的，字畝文化幫選手們打造了一個非常別緻的舞臺。書的設計相當有趣活潑，正文前面有作者的「冒險真心話」，每一位作家就是一位選手，一棒一個故事，一棒接過一棒，當最後一棒衝過終點線時，這一回合的比賽主題「對立——不同國」也在讀者的面前，淋漓盡致的詮釋與表現。這個企畫也讓我們感受到，後現代多元共生，眾聲喧嘩的最佳示範。

外行看熱鬧，內行看門道，這八篇故事都是傑作，各有巧妙，各自精采，我相信對於想創作童話的大朋友，或者想要如何寫好作文的小朋友，都有絕對助益。

不知劇情的演進會如何？請拭目期待！

出版者的話

一次品嘗八種口味的美妙童話

馮季眉　字畝文化社長兼總編輯

一個初夏午後，八位童話作家和兩名編輯，在臺北青田街一家茶館聚會。散居臺東、南投、臺中等地的作家迢迢而來，當然不是純為喝茶，其實大夥是來參加「誓師大會」的，因為，一場童話作家的超級馬拉松即將起跑。

這場超馬，源於一個我覺得值得嘗試的點子：邀集幾位童話名家，共同進行一場馬拉松長跑式的童話創作，以兩年時間，每人每季一篇，累積質量俱佳的作品，成就精采的合集。每集由童話作家腦力激盪，共同設定主題後，各自自由發揮。

稿約滿滿的作家們，其實一開始都顯得猶豫：要長跑兩年？但是又經不起「好像很好玩」的誘惑，更何況一起長跑的，都是彼此私交甚篤的好友，童心未泯的作家們也就迷迷糊糊同意了。畢竟，這一次，寫童話不是作者自己一人孤獨的進行，而是與當今最厲害的童話腦，一起腦力激盪，玩一場童話大冒險的遊戲，錯過豈不可惜？「誓師」當天，大夥把盞言歡，幾杯茶湯下肚，八場童話馬拉松的主題也在談笑中設計完成。

對作家而言，這是一次難忘的經驗與挑戰；對出版者而言，同樣是場大冒險。因為出版計畫的戰線拉得很長，而且出版方式也是前所未見：這系列童話，有如MOOK（雜誌書，性質介於雜誌Magazine與書籍Book之間），每期一個主題，每季出版一本，共八本。自二〇一九年至二〇二〇年，每季推出一集。

《超馬童話大冒險》系列八個主題，其實正是兒童成長過程中，必會經歷的人生習題，每一道習題，都讓孩子不知不覺中獲得身心發展與成長。小讀者細細品味這些故事的時候，可以伴隨書中角色一起探索、體驗，經歷快樂與煩惱，享受閱讀樂趣，並能體會某些事理，獲得成長。

各集主題以及核心元素如下：

第一集的主題是「開始」，故事的核心元素是「第一次」。

第二集的主題是「合作」，故事的核心元素是「在一起」。

第三集的主題是「對立」，故事的核心元素是「不同國」。

第四集的主題是「分享」，故事的核心元素是「分給你」。

第五集的主題是「從屬」，故事的核心元素是「比大小」。

第六集的主題是「陌生」，故事的核心元素是「你是誰」。

第七集的主題是「吸引」，故事的核心元素是「我愛你」。

第八集的主題是「結束」，故事的核心元素是「說再見」。

兩年八場的童話超馬開跑了！這些童話絕對美味可口、不八股說教。至於最後編織出怎樣的故事，且看童話作家各顯神通！

來吧，翻開這本書，進入超馬現場，一次品嘗八種口味的美妙童話！

聽聽悄悄話

英雄聯跑的大冒險真心話

王淑芬

小學起，我便常被老師指定參加作文比賽、演講比賽。命題式的創作，其實比自由選題難多了；比如題目是〈我的媽媽〉，那就絕對不可以寫爸爸——咦，誰說的？說不定別出心裁，不離題，但卻讓人完全意想不到，也很成功。

不過，成為作家後，我就不接這樣的邀稿了，依規定主題來寫，真的綁手綁腳耶。所以，當字畝文化的總編輯來電邀約，我當然一口就……

你猜錯了，我其實一口就答應。

因為如果在規定主題之下，我還能跳脫規定，寫出別人意想不到的點子，那才有資格叫作：童話作家。童話最在意的，就是要妙、要創意大爆炸啊！何況這個企畫案，還同時邀了我的多年寫作好友，能藉此看看他們怎麼爆炸，多學幾招，多好！

劉思源

「一加一等於二」是不變的數學公式，但創意的公式卻充滿變化，當八位童話作家一起奔馳想像大道，彼此碰撞，互相激發，勢將引爆無限的創意，而且從各種角度撞擊讀者，迸出燦爛火花。有幸參與這場狠有趣、狠挑戰、狠創意的童話接力賽，既緊張又痛快的和童友們盡情玩耍一場。

林世仁

難得跟這麼多童友「英雄聯盟」，我很想跟大家一塊合力，激起一次童話界的八級地震或八次驚艷（希望不是八次哈欠啦）。可惜我寫出來的作品似乎不夠酷炫，沒達到「動作片」的強度。還好，其他七位童友寫得都很好玩、很好看。那麼，我的童話就請大家放慢腳步，輕鬆欣賞——因為「天天貓」是從我的童年遙遙遠遠回盪過來的。它不像我的其他童話，卻觸動了我的心弦。

王家珍

第一次嘗試跟幾個童話作家同時創作同一個主題的童話，小小的緊張被大大的興奮蓋過，好像把一塊空地分成好幾等份，每個人在分到的空地上盡情揮灑創意，規畫出風格各異的遊樂器材。請看我們同心協力建構童話遊樂園，等待滿懷童心的大小孩子來玩耍，探索童趣！

賴曉珍

很榮幸參加字畝這次的「童話超馬大冒險」企畫案，也很高興能與多位童友合作。記得討論會那天，我從童友們的思考方式和提議學到很多，瞭解原來別人是這樣構思靈感與創作的，令我大感佩服。這也是我的「第一次」經驗，未來，我會創作一系列「黑貓布利與酪梨小姐」的故事，藉著他們的經歷與互動，告訴大小讀者何謂「情緒」。

亞平

創作童話，對我而言是件很孤獨的工作。自己一個人對著電腦發呆，或是長吁短嘆，或是滿心喜悅，或是奮力捶鍵，無論如何，都是一個人。

童話馬拉松的創作行伍，讓我感到：太棒了，吾道不孤！知道我在寫這篇童話時，也有幾個同伴一起孜孜矻矻，絞盡腦汁——這時，孤獨感會降低，革命情懷不自覺出現，當然，競爭感也來了：這個主題他們會怎麼寫？該不會我的作品最沒創意吧？寫童話真是一件有趣的事啊！

王文華

當我獲邀參與這個計畫時，滿腦子想的都是，怎麼辦，怎麼辦，其他七個作家個個都很會寫故事，這下子……

「你先敷面膜。」我媽媽大概以為我是要去走秀。

「我是要寫故事。」

「那一樣不要比輸，我看，我去幫你買人參，燉隻雞，吃完你再寫？」

「如果來隻人參豬更好。」我腦海裡叮咚一聲，突然有個想法了……如果有隻小豬愛吃人參？或是人參愛上了小豬，用這題目來寫，其他人一定想不到？或是一群來自火星的動物，他們全都失業，需要找個新工作……

顏志豪

某天，飛鴿捎來一封信，「敝社將舉辦一場別開生面的童話擂臺賽，不知有無興趣？」

「擂臺賽？」

繼續往下讀，「我們邀請各路好手，個個武功高強，準備決一死戰，看誰能獨霸武林。」此時，眼前刀光劍影，干戈鏗鏘，內心翻騰澎湃。

戰前會當日，我已經備妥關刀，雄赳赳，氣昂昂，氣勢絕對不能輸人！這將是一場你死我活的戰爭，拼了！

目錄

小紅帥和黑將軍

劉思源

圖／蔡昱萱

殺殺殺！衝衝衝！

有些傢伙命中注定一出生就得上戰場打仗，你一拳我一腳，和敵人拚個你死我活。

這樣的命運會不會太激烈？太倒楣？

幸好、幸好，它們不是人，而是遊戲棋子。象棋的紅黑棋子、西洋棋的黑白武士、圍棋的黑白小圓子……都是顏色分明，勢不兩立，誰也沒想到在這些殺戮的戰場上，居然會冒出一朵朵愛的花朵。

今天要說的愛情故事，發生在一個象棋棋盤上。

老木棋盤是木製的，在趙家代代相傳大概足足有一百歲了，依然堅固牢靠。

話說趙老頭和趙老太最喜愛喝茶下棋，每天晚上都要廝殺一場。平日裡兩位老人家手勾著手上菜場、去遛狗，甜蜜放閃；但是一擺上棋盤，就等於上了戰場，非贏不可。

兩個人各有所好。

趙老頭對黑家軍團愛不釋手，「我的黑將軍真威武！」「哼！」趙老太則偏心紅棋子戰士，「我的小紅帥才神氣呢！」不說不知道，兩位老人家棋逢敵手，互有輸贏。就拿這個月來說，趙老頭的黑家軍團贏了十五局；趙老太的紅棋子戰士「棋」開得勝了十五回，目前戰況激烈又膠著，只剩最後一戰了。

吃完晚飯，兩位老人家照例拿出老木棋盤。楚河漢界，兩軍對陣，十六個紅戰士和十六個黑家軍排排站嚴陣以待。

黑將軍和小紅帥坐鎮大營，指揮大局。棋子戰士們各司其職，誓死守護疆土，衝鋒陷陣，保護主將和主帥。

小兵丁和小卒子們摩拳擦掌，準備號角一響就往前衝。

眼看大戰一觸即發，忽然電話鈴聲鈴鈴鈴的響起來。

「喂？誰呀？」趙老頭耳朵背，聽不清楚電話那頭是誰在嘰哩呱啦？巴著電話筒不放。

趙老太接過電話，原來是趙家娃娃來問安，趙老太眉開眼笑，嘰嘰喳喳說了一大串，也巴著電話筒不放。

時間一分一秒往前走。

棋盤上，小紅帥等得不耐煩，眼睛冒火；黑將軍急得跳腳，大吼大叫。

等啊……等啊……等啊……

幾個小兵丁和小卒子站得腿痠痠，忍不住打瞌睡。

轟轟轟！突然夜空中劃過一道閃電，響起陣陣雷聲。夏天就是這樣，暴風雨隨時會來。

半夢半醒的小兵丁紅茶以為號角響了，迷迷糊糊的往前衝。

哎呀呀！紅茶衝過頭，收不

住腳，咚咚咚的掉進棋盤中央的大河裡，而且河裡居然有水，嘩啦嘩啦的流個不停。

「救命啊！救命啊！」紅茶不會游泳，大聲呼救。前方一個名叫黑糖的小卒子想都沒想，立刻跳下河救人。

「成何體統？」小紅帥很著急，哪來的小天兵？還沒有開戰就跌了一大跤。

小紅帥忍不住探頭察看。

「成何體統？」黑將軍很生氣，哪來的小糊塗，沒有上陣殺敵，反而奮不顧身救敵人？

黑將軍忍不住探頭查看。

這一看不得了，黑將軍和小紅帥對上了眼，這下差點要了命。（象棋規則：王不可以見王。若將與帥在同一條直線上，且兩子中間無其他棋子時，則走子方可以把對方將帥直接吃掉獲勝。）

「小紅帥的臉紅豔豔的，好像一朵玫瑰花呀！」黑將軍著了迷，盯著小紅帥看啊看，恨不得立刻和小紅帥在一起。

「看什麼看？有什麼好看？」小紅帥撇過頭，但一顆心不知為何一直打鼓。

黑將軍偷偷笑，真的很好看！

小卒子黑糖救起小兵丁紅茶。

紅茶溼答答、羞答答，小聲喊了一聲：「謝謝。」

黑糖聽了，瞬間滿面通紅。

「這可不行！」黑糖可是黑家軍團的一分子，他匆匆跑回陣營，立正站好。

紅茶看黑糖跑走，暗叫不妙，這裡可是敵人的地盤，趕快找根棍子來個撐竿跳，奮力跳過河，跑回自己的崗位。

小紅帥搖搖頭，這個天兵是哪兒來的？小兵和小卒按規定是不能回頭的啊！

「沒關係。」小紅帥的閨密女戰「仕」，附在小紅帥的耳邊輕聲說：「這盤棋還沒開始，所有規則都不算。」

其他的紅棋子也幫忙接腔：「對啊！對啊！嚴格說起來，紅茶只是掉在河中，沒過河。」

河的那一頭，同樣也是鬧哄哄的。

自從黑將軍見過小紅帥一面後，滿腦子都是小紅帥的英姿，完全不想打仗，只想談戀愛。「真想再看一眼小紅帥、真想跟小紅帥說說話、真想和小紅帥手拉手一起看月亮……。」

但是愛人遠在河的那一邊，平日又足不出營，身邊還團團圍繞著眾多戰士，要如何接近她呢？

黑將軍不停的唉聲嘆氣，嘆氣之大，差點把身邊的黑棋子們通通吹倒。

這樣下去鐵定完蛋！大家聚在一起進行沙盤推演，當務之急，是要逼（請）小紅帥過河來相會。

小卒子黑糖聽了大喜，出個主意：「我們可以舉辦一場盛大的舞會，邀請小紅帥率領所有的紅棋子來參加，製造相處的機會，讓她能了解黑將軍的心意。」

哼哼哼！這個主意是為了誰啊？

黑糖想紅茶，瞞也瞞不了。

但是兩方為敵已久，小紅帥會答應嗎？

「這有什麼難的？」兩匹黑馬揚起馬蹄，二馬當先衝過河，黑糖和其他的小卒子也跟著去助陣。

哎呀呀！象棋的規則全亂了！（象棋規則：一次只能走一個棋子。）

小卒子們偷偷笑，他們早就在等這一天——無法無天。

黑家軍團蜂擁而來。

誰怕誰？既然有人不顧遊戲規則，就不必客氣。

小紅帥一聲令下，出動全

軍攔截黑馬，有的拐馬腳，有的套馬索……終於把兩匹黑馬逮個正著，小卒子們被抓的被抓、求饒的求饒、逃走的逃走。

黑糖好開心被抓到，因為抓他的是——對了！就是紅茶親手逮捕他。

小紅帥親自審問兩匹黑馬：「說！棋局尚未開始，你們為什麼來偷襲？」

「小紅帥，你誤會了。」兩匹黑馬說，「我只是幫黑將軍傳口信，邀請您和所有的紅棋子過河，一起來參加舞林大會。」

「比武？」小紅帥練功夫不是一日兩日的，她把「舞」聽成「武」，又開心又興奮，她可是一等一的紅拳高手。

「好！我們現在就跟你去。」小紅帥一口答應，但是她可不是呆子，身為一軍之帥，她心裡自有盤算，如果大贏特贏，就名正言順的佔領黑將軍的地盤。

「走！」小紅帥一聲令下，壓著兩匹黑馬帶路，浩浩蕩蕩帶著全部的紅棋子，搭橋過河。

說時遲那時快，無數的大砲劈里啪啦的飛過來。

陷阱！！！

「哼！黑臉黑心腸。」小紅帥沒在怕，吩咐炮兵們回擊。但，等一等，大砲沒有落地，反而開了許多朵花——美麗的煙花。

「哇！哇！哇！好美呀。」紅棋子們從來沒看過煙花，興奮的叫個不停。

小紅帥覺得很不好意思，剛剛一時誤會，沒頭沒腦的大罵黑將軍一頓。

小紅帥放下一顆心，帶領大軍過河，踏上黑將軍的陣地。

小紅帥一向深居營中，從未來過彼岸，但好奇怪，這裡的一景一物怎麼那麼眼熟？

小紅帥掃視陣地，遠遠的兩輛黑車飛快的奔馳而來。

哎呀！說不定剛才的煙花只是個障眼法。

「哼！誰怕誰？」小紅帥嘴角上揚，立刻擺開陣勢，準備作戰。

兩輛600型高級黑色重型裝甲車旋風般的停在小紅帥的面前。

「歡迎光臨。」穿著全身黑色勁裝的車戰士們向小紅帥敬禮，車上載著滿滿的鮮花、氣球、蛋糕和禮物來迎接紅棋子們。

小紅帥用絕對犀利的眼光，上上下下打量來者——車子，不論材質、性能和裝備皆屬一級，讚；車戰士，高大健壯英挺，帥。

但是她家的兩輛紅色裝甲車也是頂級車種，唬不了她。

「這是在耍什麼花招？」小紅帥搖搖頭，「比武搞得像選美，荒唐。」

其他的紅棋子倒是不介意，有吃有喝有拿有何不好？

這時一陣悠揚的音樂聲響起來，黑將軍在黑軍樂隊的簇擁中走過來。

「小紅帥，可以請你跳支舞嗎？」黑將軍獻上一枝玫瑰，脫下黑色頭盔，深深的彎腰一鞠躬。

喔喔！小紅帥這才發現，自己聽錯了，不是比武，是比舞。

「一定是那兩匹馬馬齒徒長，連說話都說不清楚。」

小紅帥第一次和黑將軍距離這麼近，原來這位將軍有一雙烏溜溜的大眼睛，真神氣。

比武都不怕，跳舞怎會難倒小紅帥？

「好吧！」小紅帥點點頭、對黑將軍嫣然一笑，挽

著黑將軍翩翩起舞，一二三、一二三、轉圈圈。霎時他們腳下的棋盤變成一座閃亮的大舞池，四周冒出一樹樹桃花。

「大家一起跳舞吧！」紅茶和黑糖手牽手跟著跳進舞池。

他們倆真的不是故意黏在一起喔！誰叫紅茶負責監視黑糖，一路上都用手銬緊緊銬著他，分也分不開呢？而其他的棋子們也紛紛滑進舞池，黑馬和紅傌、紅炮對黑砲……雙雙對對、一曲接一曲的跳舞。

陷阱！！！

小紅帥猛然覺悟，這是另一種陷阱——愛的甜蜜陷阱。

她的臉更紅了，忽然一隻大手伸過來，把她高高舉起——

將軍！

原來不知何時，趙老頭和趙老太放下電話回來了。

「哎呀呀！這棋盤怎麼亂成這個樣？」趙老太大叫。

「奇怪，我們不是剛排好棋子嗎？」趙老頭摸摸頭，他該不會得了失憶症？

忽然趙老頭和趙老太同時瞪大眼——棋盤上，小紅帥和黑將軍怎麼會莫名其妙的「王見王」、「面對面」了呢？

「好機會！」趙老太迅速拿起小紅帥往前一擊，狠狠將了趙老

頭一軍。

這盤棋，黑將軍徹底輸了。趙老頭呵呵笑，他可是故意慢一手。

黑將軍呵呵笑，輸了贏了都一樣，只要下了棋盤，他就可以和小紅帥一起回到棋盒裡，窩著擠著，多好！

作者說

讓對立脫序演出

象棋，是一種古老的鬥智遊戲。

一方棋盤，一條楚河（漢界），壁壘分明，完全呈現本次主題「對立」的情境，於是我把故事場景拉到棋盤上，試著將殺氣騰騰的戰場，藉由黑棋子和紅棋子的脫序演出，轉換成另一種陣地——談戀愛。至於能不能「將軍」？就看棋子們各憑本事囉！

超馬童話作家

劉思源

一九六四年出生，淡江大學教育資料科學學系畢業。曾任漢聲、遠流兒童館、格林文化編輯。目前重心轉為創作，用文字餵養了一頭小恐龍、一隻耳朵短短的兔子、一隻老狐狸和五隻小狐狸……。

作品包含繪本「短耳兔」系列、《騎著恐龍去上學》，橋梁書《狐說八道》系列、《大熊醫生粉絲團》，童話《妖怪森林》等，其中多本作品曾獲文建會「臺灣兒童文學一百」推薦、好書大家讀年度最佳少年兒童讀物獎，並授權中國、日本、韓國、美國、法國、俄羅斯等國出版。

我們應該是朋友……

火星來的動物園

王文華

圖／楊念蓁

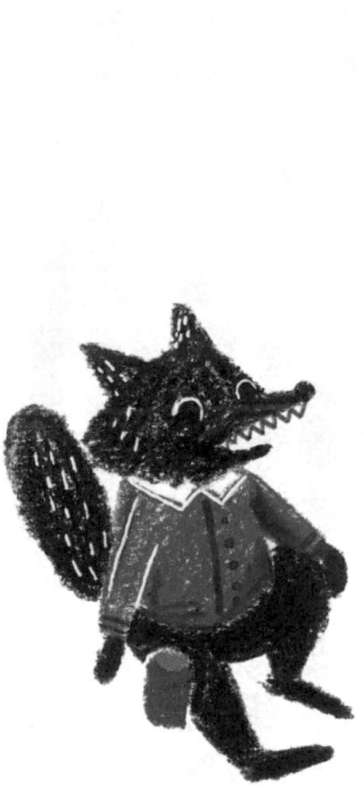

塞車，堵車，動物園外環道，今天早上有好多好多車。

袋鼠媽媽開著小拖車，她心裡急，看看前面，前面車子走得慢，她把油門一踩，小拖車幾乎快跳起來了，咻，這邊超過一輛小客車，咻，那邊拐過一部吉普車。

眼看小拖車快穿過車陣了，路邊嗶的一聲。

是誰在吹哨子？

啊，那是戴著墨鏡的大野狼警察和啃著貝果的野豬警探。

「有事嗎？」袋鼠媽媽問。

「沒事別攔我們下來！」一隻小袋鼠鑽出媽媽的育兒袋。

「你在路上亂超車。」大野狼很正經：「危險駕駛！」

「還有，」野豬警探指著小袋鼠：

「這麼小的孩子，沒有坐安全椅。」

「我……」袋鼠媽媽指著兩旁，開小客車的是蝸牛，開吉普車的是烏龜，「他們開太慢了。」

「待在媽媽的袋子裡最安全。」小袋鼠也說。

「但是你不能亂超車。」大野狼的手指搖了搖。

「兒童安全也不能開玩笑。」野豬把貝果吞進肚子裡，拿出紙筆準備開罰單。

袋鼠媽媽急忙說：「兩位大哥，別這樣嘛，我們都是從動物園

來的呀。」

「動物園來的？」大野狼愣了一下。

「我們應該是朋友呀。」袋鼠媽媽拍拍大野狼的肩：「既然都來自動物園，應該相互照顧。」

「話可不能這麼說，」大野狼把她的手推開，「違規就是違規，交通安全面前，每隻動物都平等。」

野豬把紅單子交給小袋鼠：「陪媽媽去繳費，你要乖乖坐在安全座椅上。」

這邊剛開完單，野豬警探又看見了，拿起哨子，用力吹。

嗶～

哨子一響，十字路口的紅綠燈都嚇得不敢閃了。

「怎麼……了？」斑馬線上有隻樹懶，四周全是緊急停下來的車。

大野狼三步併做兩步：「闖紅燈！闖紅燈！」

野豬跟在後頭：「樹懶，你闖紅燈了。」

「啊？我……我……沒闖……紅燈。」樹懶說。

「他真的沒有闖紅燈，」小猴子在旁邊作證：「他是等綠燈亮了才走的。」

樹懶慢慢慢慢的點了點頭。

野豬搖搖頭：「我和大野狼警察都看見了。」

大野狼把墨鏡拿下來：「你真的闖紅燈。」

「那是綠燈秒數太短，不夠樹懶走過去。」小猴子替他打抱不平。

樹懶緩緩的點了點頭：「而……且……我們都是……動物園來的……朋友。」

「千萬不要這麼說，」大野狼開始寫罰單：「在動物園裡，大家都很忙，你可能見過我們，但我們不認識你呀！」

野豬把單子遞給他：「乖，拿了紅單，記得繳費，現在警察局有新措施，可以用現金、存錢筒或是用動物園的街頭支付來繳錢。」

「動物……園……」樹懶慢慢舉起手，他還有話想要說。

「想投訴，去找交通組，我們只是小小的警察。」大野狼和野豬同時說完，大步走了。

一個早上，他們開了七、八張罰單。

「違規還那麼多理由。」大野狼忍不住嘆了口氣。

「如果不遵守規則，那就回火星的動物園待著呀！」野豬有感而發。

「待在籠子裡，當隻呆呆的動物，那就不必守規則啦！」

他們的笑聲震天，嚇得十字路口的動物全跑了。

大野狼和野豬繼續巡邏，警車轉進長街，大野狼眼尖：「一輛貨車停在慢車道上。」

「先是蝸牛、烏龜開慢車，現在又有人亂停車，難怪交通秩序這麼差。」野豬忿忿不平的下了車……

「野豬老弟，是你呀！」花豹穿著送貨員制服，「大野狼——

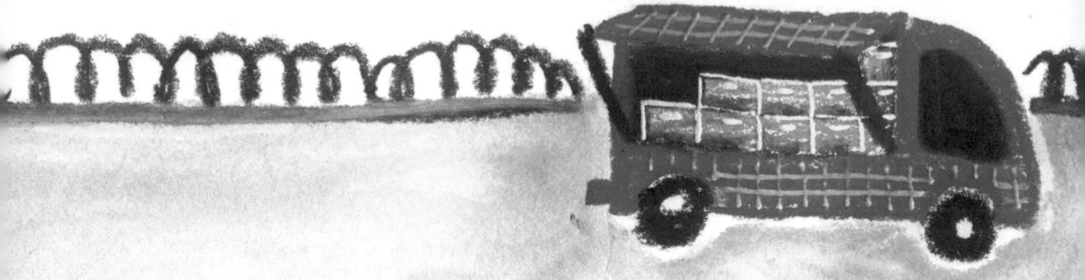

哇，你們穿警察制服的樣子真是帥呆了。」

「不可以把貨車停在這裡。」大野狼說。

「我送貨呀，沒辦法，」花豹說：「動物園園長說，動物園不景氣，大家都要出來打工賺自己的伙食費。」

「貨車不能停慢車道。」野豬說。

花豹搭著野狼和野豬的肩：「咱們都是自己人，都來自動物園……」

「但是貨車……」

野豬還沒說完，花豹朝他倆擠眉弄眼：「警察大人，小的立刻把車停好，立刻停好，你們看這樣行不行啊？」

小貨車嘟嘟嘟的移到了空地，花豹跳下來，打開貨車的側門，裡頭全是飲料。

花豹把飲料遞給他們：「試試看，新口味喲！」

檸檬汽水的氣泡很強勁，野豬和野狼喝了一口，不由自主的想起童年……

他們的童年，都是和花豹一起度過的。

火星來的動物園，分成了很多區，他們三個都住在非洲區，那時，他們一起在草地上追逐，一起去嚇膽小的孔雀，如果有遊客留下一瓶汽水，他們就會像現在一樣，你一口，我一口……

不，現在他們長大了，大家都有了工作，有的當警察，有的當司機，這才有機會，坐在公園的樹下，各自都有一瓶汽水。

「乾了。」

「乾了。」

「我們是最好的兄弟。」大野狼的眼角有點溼……

野豬拉拉他：「我們的警車怎麼回事？」

警車前面有部小拖車，一隻袋鼠好像在對他們的警車動手動腳的。

「喂喂喂，這是警車，知不知道？」

大野狼想要制止，然後……他發現拖車司機有點眼熟，啊——是剛才危險駕駛的袋鼠媽媽。

袋鼠媽媽說：「大馬路，不能亂停車。」

「我在辦案，剛才有部車違規！」大野狼指著貨車……，啊——

花豹的貨車開走了，這裡只有警察車停在馬路上。

「違規停車，請去拖吊場領車。」袋鼠媽媽說。

「拖吊場五點下班喔！」小袋鼠叮嚀他們。

警察車被拖走了？大野狼和野豬的腦袋裡，立刻浮現明天報紙上的標題——

兩個警察亂停車！

大野狼連忙去阻擋袋鼠媽媽：「等……等一下。」

「為什麼要等一下？」袋鼠媽媽問。

「啊——那個……那個……我認識你們哪。」野豬急忙掏出一顆糖，把糖交給小袋鼠：「我和你的小袋鼠是好朋友。」

大野狼把聲音放低：「我們都來自動物園，大家都是好朋友。」

「你別亂攀關係。」

袋鼠媽媽跳上駕駛座。

「這顆糖都是你的口水。」小袋鼠也不要糖。

袋鼠媽媽油門一踩，小拖車像隻袋鼠般跳起來，衝出去。

野狼急忙追上去：「別別別別這樣，我們住的籠子離澳洲區只隔了一座山。」

「我的眼力不好，從沒見過你。」袋鼠媽媽說。

「我們沒見過你們。」小袋鼠也說。

野豬在車子另一邊跑：「看在大家都是從動物園出來的份上……」

「停車法之前，大家都是平等的。」

袋鼠媽媽想把車窗搖起來，大野狼擋著：「袋鼠……我認識田鼠，大家都是朋友……」

野豬跑得喘噓噓：「袋鼠……田鼠……都是

鼠哇！」

「我們住澳洲區，沒和田鼠住一起。」小袋鼠朝著媽媽喊：「媽媽開快點。」

「我們也有朋友住澳洲區，」大野狼覺得心臟都快爆炸了：「無尾熊住澳洲區，他和黑熊是好朋友，而我們和黑熊都有個共同的朋友——北極熊。」

野豬跑得腿都快斷了：「我們……都是北極熊……的好朋友。」

「北極熊用跑的，袋鼠用跳的，」袋鼠媽媽微微一笑，「我們和你們不同國。」

「跳的嗎？」大野狼靈機一動：「兔子和青蛙是我們的好朋友。」

嘰！

煞！

小拖車終於停下來了。

「真的，我認識青蛙。」大野狼擦擦汗。

「兔子……住在我的隔壁。」野豬氣喘吁吁。

「我們都是同一國的。」大野狼和野豬異口同聲，「可以把警

車還給我們了嗎？」

小袋鼠跳下安全座椅：「當然可以。」

野豬樂得在地上跳：「謝謝你，我們果然是同一國的。」

沒想到袋鼠媽媽搖搖頭：「拖吊場到了，你們記得繳完費再把車子開出去。」袋鼠媽媽把身子一蹲，小袋鼠又跳了進去：「拖吊場有新措施，你們可以選現金、存錢筒或是用動物園的街頭支付來繳罰款，再見。」

「再見。」小袋鼠探出頭來，跟他們揮揮手，「下回別亂停車喔！」

第二天，一隻天鵝來到百貨公司，遠遠就看見一個孩子。

「孩子，你跟鴨子不同，你長大了之後是天鵝。」天鵝的聲音很好聽：「醜小鴨的故事聽過吧？你不該留在這裡，你跟他們不同國。」

「真的嗎？」小火雞眼角含著淚水問：「我真的是天鵝？」

「千真萬確，跟我來，我會帶你去天鵝國。」天鵝拉著小火雞，走到百貨公司外頭，他的貨車就在外頭……

貨車不見了。

車上本來裝滿他四處拐來的小孩，有小鴿子、小母雞、小松鼠。

「貨車不見了？」有個聲音響起，天鵝抬頭，大野狼警察和野豬警探正盯著他。「啊那個……那個……」天鵝嚇一跳，警察怎麼這麼快就來了。

「別擔心啦，是小拖車把你的車拖走的。」野豬警探說。

「我們帶你去拖吊場，以後別亂停車。」大野狼警察也說。

「不……不用啦！」天鵝想拒絕，跟在他後面的小火雞卻拍著手：「太好了，太好了，叔叔我也要坐警車。」

「你？」野豬和野狼問。

天鵝想摀住他的嘴巴，卻來不及：「他說我長大了以後會變成天鵝喔，他要帶我去天鵝國，他說我是醜小鴨……」

作者說

同一國的好朋友做錯事，你會怎麼辦？

□既然是好朋友，當然就沒關係。
□既然是好朋友，當然就原諒他。
□既然是好朋友，當然要勸告他。

嗯，寫這故事時，我就從這選擇題去發想，現在輪到你來想一想，如果是你，你會選哪一個呢？

超馬童話作家 王文華

臺中大甲人，目前是小學老師，童話作家，得過金鼎獎，寫過「可能小學任務」、「小狐仙的超級任務」，「十二生肖與節日」系列。

最快樂的事就是說故事逗樂一屋子的小孩。小時候住在海邊，長大了到山裡教書，目前有間小屋，屋子裡裝滿了書；有臺咖啡機，時常飄出香香的味道；有部小車，載過很多很多的孩子；有臺時常當機的筆電，但在不當機的時候，希望能不斷的把故事寫下去。

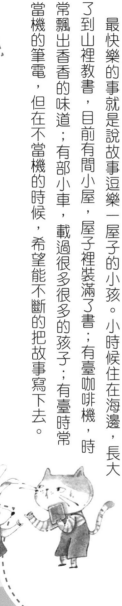

天天貓：快！再快一點！

林世仁

圖／李憶婷

我衝得好快！

如果有「下課衝出教室」比賽，我一定天天拿第一。

我沒有往操場跑。我不是去搶鞦韆的！

順著教室的水泥牆，跑進穿堂，直直衝，再拐個彎——

「快！再快一點！」我在心裡狂喊，給自己打氣。

沒有用！

後頭的腳步聲直直追上來。

我忍不住回過頭。一個可怕的微笑愈靠愈近，好像在說：「再跑啊！你再跑啊，看你能跑到哪裡去？」那笑容愈來愈近，都快黏到我的背上來了——

「不要啊！」我大叫一聲，驚出一身冷汗。

天天貓舔著爪子，盯著我。

「作惡夢了？很好。」牠爪子舔得滿意了，轉身就往房門口走去。「走吧！反正也逃不掉。」

誰逃不掉？你？還是我？喂喂，這是什麼詛咒哇？

我眼睛狠狠瞪著天天貓，想瞪死牠，腳步卻莫名其妙跟上了牠。

跨過門檻那一刻，我覺得身體輕盈起來。

腳不動了，換手動。

也不是手——我轉頭確認了一下——呃，是翅膀！

我只小小驚嚇一下，眼前世界往下墜了幾公分，又恢復正常。

「喂，我們要飛去哪？」我瞪著天天貓，牠現在也變成鳥——一隻有藍眼睛的文鳥。「是不是飛去你的童年？笨鳥？天天鳥？」

牠不在乎我叫牠笨鳥或天天鳥（哼，要氣死牠還真難），只是淡淡的轉過頭，看向另一邊——

「喂喂！想飛出去啊？壞鳥！壞鳥！」一個粗魯的聲音響起來，一個人影晃到窗邊，把窗縫嘩一下拉開來。「飛出去——飛出去！飛出去就別再回來！」

我這才發現自己在一個陌生的房間裡。

地上堆堆疊疊盡是一些破銅爛鐵。咦，這是倉庫嗎？

那人影轉過身，氣呼呼往一張破椅子上一坐——奇怪，我和天天鳥竟然沒往窗外飛，反而乖乖的飛向他。

一個可怕的微笑一下靠近——老天，是吳影仁！

那個一下課就來追我，害我拼命逃的傢伙！小學跟他同班同學，已經是老天爺罰我了。現在，我居然變成了他養的鳥？哇哇，這是怎麼回事？

我瞪向天天鳥——嘿，牠竟然停在吳影仁的肩上，挪挪腳，依偎在他的脖子邊。

沒品的傢伙！我飛過去，張嘴就啄牠一下。

吳影仁的手指戳過來。「壞東西，壞鳥！」

罵我嗎？我轉換目標。我現在是鳥，可不是人。誰怕你？看我啄死你！

積了四十年的怒氣，不狠狠在他臉上啄幾個洞，我真是對不起那些小時候的惡夢！

吳影仁大手一揮，差點打到我。我側過一邊，換個角度，重新發動攻勢。

「狗崽子！連你也想欺負我？老子白養你了！」吳影仁拾起拖鞋就丟向我，嘴裡劈里啪啦亂罵一串：「狗崽子！沒娘養的壞東西！書都讀到哪裡去啦——」

「碰！」門開了。一個大漢走進來。

「狗崽子！又把家裡搞得這麼亂？功課寫了沒——沒有？混帳東西，老子辛苦工作供你讀書，你書都讀到哪裡去啦！下次再給我考最後一名，打斷你的狗腿！」

哇，這機關槍——不，火炮！怎麼這麼嚇人？想不到吳影仁也是個迫擊炮，大剌剌擺出一張臭臉。

「啪——！」噢耶，這巴掌打得太好了！

「瞪什麼瞪？沒娘養的東西——」大漢轉身找籐條。

我嚇一跳，縮起翅膀，趕緊躲到櫃子上。

櫃子下，我聽到吳影仁哎呀哎呀，又叫又跳。

活該！活該！揍死你最好！誰教你一下課就追我。莫名其妙！

莫名其妙！

「碰！」又一聲甩門。大漢又出門了？

我探出頭。不，是吳影仁。

「滾好！滾遠點，滾出去就別再回來！」大漢氣得揮起藤條，對著空氣一陣亂打。

天天鳥在窗戶邊對我招手，咻一下飛出去。我趕緊跟上。

吳影仁一邊跑，一邊罵：「狗崽子！狗崽子！你才是狗崽子！

數學你會教？國語你會教？就只會撿垃圾！要不是你生的，我會這麼笨？怪我？」

他在前頭跑，我在後頭追。

嘿，這可真是顛倒了！怎麼變成我追他？

一隻流浪狗在前頭驚跳起來。吳影仁追上去，賞牠一腳，流浪狗唉唉哭叫。「來追我！來追我呀！」他扮個鬼臉往前衝。流浪狗哪裡敢追？「狗崽子！狗崽子！」

嘿，我都不知道他這麼會罵髒話。在學校，他除了一下課就追我，倒不曾罵過我、打過我。他好像根本沒跟我說過話。就只是把我當兔子一樣追，一直追、一直追，就像現在。

我不知道他在追什麼。他只是拼命跑、往前跑。但是前面什麼都沒有啊！他究竟想追上什麼呢？

天天鳥緊緊跟著，唯一跟我說的話是：「跟好，別跟丟。」跟也是白跟。

吳影仁衝過前頭的村子，又繞著蓮池潭跑了一圈，這才停在一棵老楊柳樹下，對著半屏山氣喘吁吁的猛吐氣。

啊，停在這一棵老楊柳樹上，我忽然無限懷念。

我小時候最喜歡這一排楊柳樹，它們就像「美的衛兵」，沿著潭水挨個兒站著。風一吹，那細細長長的楊柳絲就飄啊飄！像夢的簾幕一樣，把我捲入一片美的夢幻中。

可惜十幾年前潭水整治，這一整排老楊柳竟然一夕消失，全變成了南洋植物。第一次看到這片新風景，我幾乎要在潭水面前掉眼淚了！南洋植物跟這兒有什麼相干啊？真是莫名其妙！莫名其妙！

現在，這個吳影仁就在我最愛的楊柳樹下莫名其妙的哭。

我小時候膽子小，卻很少哭。想不到這個惡霸居然會哭得這麼難聽，鼻涕也不擦，醜死了！一個老媽媽走過來問他哭什麼？他理也不理，背轉身又走，邊走邊哭，就這麼又繞了潭水一圈。

夜都深黑了，吳影仁哭累了，才慢慢走回家。

門沒關，大漢只在房裡轉了轉身，弄出一聲響。吳影仁默默沖

了澡，縮上床。還好，鳥籠裡有飼料，我吃了幾口。不難吃嘛！

第二天吳影仁一上學，天天鳥就帶著我飛到教室邊。

嘿，看自己上課還挺有趣的！原來我上課也會分心，不但在課本上畫畫，還會偷看女生！咦？也有女

生在偷看我耶！

吳影仁呢？他跟我不同國，我根本不記得他坐哪？眼睛轉了一圈，我才發現他在最左邊，後面，靠窗。剛剛用後腦勺對著老師的就是他。

「咻！」一顆白粉筆飛來。

「哎喲！」吳影仁回過頭。

「上課在看哪啊？」老師生氣的瞪他，一根手指頭忽然轉向小時候的我。「你看看人家副班長，上課多認真！你不好好學習，以後長大能幹什麼？」

我一下心虛起來，翅膀啪啪啪……啊，糟糕！一下就被發現了。

「有小鳥！」

「是文鳥！」

「那邊還有一隻——有兩隻！」

秩序一下大亂，大家都興奮起來，不看老師，全看向我們。

老師不高興了，點名我：「去叫校工來，把小鳥抓走！」

吳影仁比我更緊張，嘩的站起來。「是……是我的鳥！」

「你養的鳥？」老師瞪過來，「上學還帶鳥？到後頭去罰站！」

吳影仁默默走到海報牆前，呆呆站著。

天天鳥飛過去，停在他的肩上。我也飛過去，停在天天鳥旁邊。

全班同學都回過頭，看過來。

我好高興，能讓吳影仁罰站，真是太開心了！原來天天鳥是來幫我復仇的！我碰碰牠表示感謝。牠只是靠過去，更偎著吳影仁。

「繼續上課！」老師在前頭敲著黑板大喊，同學又唰一下全轉過頭。

嘿，吳影仁不但跟我不同國，跟他老爸不同國，跟全班也不同國。

這海報牆是我們全班一起畫的，不過，上面少了吳影仁。他沒畫。

我看他跟全世界都不同國，跟誰都唱反調，全世界就他自己一個人一國。

這一天下課他沒追我。

晚上回家，他卻在家裡追我。

我啄了他幾下，他還以為我在跟他玩。真笨！

這一晚，大漢沒回來。

吳影仁自己泡了泡麵，還泡了兩碗。第一碗咻一下就吃完，第二碗卻拖到八點鐘才吃掉（噁，泡軟、冷掉的麵，怎麼會好吃）。

我大概有些心軟吧，微微靠近他。他手一伸，就抓到我。天天鳥倒好，根本主動貼著他。

啊，他的臭嘴巴靠過來了！我想躲也躲不開——喂喂，你不是想吃我吧？生吞小鳥可是會得禽流感的喔！我大聲叫罵。

他湊得更近了！臭臉頰在我的羽毛上蹭啊蹭。

「嘿——嘿——嘿得一隻鳥仔嚎救救——」吳影仁忽然唱起歌來，「哮到三更一半暝，找無巢……吼嘿吼……」

哇，好難聽啊！

我第一次同情起鳥來——沒有手，什麼噪音都擋不掉。

他鬆開手，我趕緊飛到櫃子上。

他繼續盯著天天鳥唱：「什麼人給阮弄破這個巢呢……乎阮抓到不放伊干休……吼嘿吼……」

這首歌同學教我唱過，我們都覺得那哭聲哭調的好好笑，還一邊唱一邊笑。可是聽著吳影仁這麼難聽的歌聲，我卻慢慢難過起來。

我站在櫃子上往下看，看到的不再是那個壞蛋吳影仁，而是被世界隔在不同國的吳影仁。不知怎地，在那難聽的歌聲中，我的眼睛模糊起來……

再睜開眼，我又在自己的房間裡，又是另一天的早晨。

我又作了那一個小時候被追的夢。

只是有些不一樣了。這一次，我在夢裡跑得更起勁。

我在夢裡轉回頭，對吳影仁大聲喊：「快！再快一點！加油！來追我啊！看你有沒有本事追上我？加油！」

我看見那笑容在後頭猛追，拼了命想追上我。

這一次，我在夢裡跑得好暢快。

暢快得幾乎要飛了起來。

作者說

看見「敵人」的另一面

你有討厭的人嗎？沒有，恭喜你！那麼，有討厭你的人嗎？沒有，雙倍恭喜！可惜生活中，人人都有機會中獎——抽中這麼一位「討厭人物」。倒楣時，他還天天來找我們麻煩呢！這篇故事講的就是這樣一個「壞傢伙」，不過，故事轉了一個彎喔！

超馬童話作家

林世仁

文化大學藝術研究所碩士，專職童書作家。作品有童話《不可思議先生故事集》、《小麻煩》、《流星沒有耳朵》、《字的童話》系列；童詩《誰在床下養了一朵雲？》、《古靈精怪動物園》、《字的小詩》系列、圖象詩《文字森林海》；《我的故宮欣賞書》等五十餘冊。曾獲金鼎獎、國語日報牧笛獎童話首獎、好書大家讀年度最佳少年兒童讀物獎，第四屆華文朗讀節焦點作家。

紅樓夢見白樓

王淑芬

圖／蔡豫寧

從前有一棟樓房，因為全身都是紅的，所以名為紅樓。

紅樓的主人是位種植水果的果農，為紅樓取的正式名稱是「番茄紅、有時西瓜紅、大部分時間是蘋果紅」。因為名字太長，簡稱為番西蘋。

紅樓覺得主人取的「番西蘋」挺不錯，讓人聯想起西風中翻動著、搖晃著的小紅蘋果。

紅樓每天都讓自己在陽光下紅豔紅豔，在月光下微紅著臉，在雨中紅得優雅，在閃電中紅得十分神祕。紅樓認為自己是這一大片土地上最動人的風景，他真為自己感到得意。

沒想到，主人因為番茄賣得大好，西瓜賣得特好，蘋果賣得無與倫比的好，發了大財，於是在鄰村買了一棟更大的樓房。

那棟新樓房也是紅色的。主人為新房子取了一個更長的好名：「草莓紅、有時櫻桃紅、大部分時間是石榴紅、總而言之是火龍果紅。」簡稱為「草櫻石火」。

紅樓知道了，有點不滿，因為自己只有「番西蘋」三個字，新房子有四個字，怎麼說，四個字都比三個字來得強吧。

紅樓開始在陽光下氣得臉紅，在月光下傷心得鼻子紅，在雨中雙眼哭得紅通通。

誰知道，讓他更氣憤的事才正要開始呢。因為，幾天後，在他右邊五棵大榕樹遠的地方，竟然蓋了一棟比他更大、更高的新房子，全身都是白的。

紅樓看著白樓，臉更紅了。

有一種嫉妒的感覺，也帶有一種瞧不起的感覺，紅樓想：「雖然你又高又大，全身雪白，不過，你家主人會為你取什麼好名嗎？會像我一樣，有個響噹噹的名號嗎？番西蘋這三個字，多有氣質、多美啊！」

白樓蓋好之後，睜開眼，雙眼晶亮晶亮的看著紅樓。

有一種嫉妒的感覺，也帶有一種瞧不起的感覺，白樓想：「怎麼會有一個這麼紅的鄰居呀？看起來太搶眼了，像猴子的屁股紅。」但他沒說，他決定先觀察觀察這位紅鄰居。

白樓白著一張臉，靜靜的看著紅樓。

紅樓紅著一張臉，靜靜的看著白樓。

兩個人瞪著對方，都沒說話。許久才閉上眼，假裝休息。

白樓的主人是位書生，整天捧著書搖頭晃腦的讀著。他為自己居住的白樓取的名字十分簡單：「白居不易」。意思是：「白色的房子，居住起來不容易打掃。」

想想看，灰塵一堆積，白樓變成灰樓。或是落葉灑滿階梯，白樓變成亂七八糟樓。潔白似雪的純白房子，的確不容易維護。

紅樓「哼」的一聲，低聲嘲笑白樓：「看你能白多久？」

不久之後，白樓就會是灰頭土臉的狼狽相吧。紅樓一想，十分開心，又喜氣洋洋的滿臉通紅了。

豈料紅樓才開心了三天，第四天便得知一個可怕的消息：他的主人將自己賣給白樓主人。不但如此，據新主人表示，為了看起來有整體感，準備將白樓也漆成紅樓；畢竟，「白居不易」啊，書生每天忙著打掃白樓，根本沒空讀書，每天照鏡子，都覺得自己愈來愈沒有氣質。

「氣死我啦，你這個冒牌紅樓！就算你改變色彩，在我心中，你仍然是原來白得像條死魚肚子、慘兮兮的白臉！」紅樓不客氣的大聲開罵。

白樓一句也沒反駁，安安靜靜的，一張臉似乎更白了。

其實，白樓根本就瞧不起紅通通的紅樓，不想跟俗氣的紅樓說話。

白樓心想：「主人真是的，好端端的白，何必改成大剌剌的紅？太喧鬧了。唉，算了算了，至少，將來我就算變成紅色，也會是充滿貴族氣息的玫瑰紅，或是天邊晚霞般燦爛的紅。我家主人讀了不少書，水準很高的。」

紅樓也左思右想：「我必須採取行動，絕不讓白樓變紅樓。我是此地唯一的，如果再來一棟紅樓，大家就無法眼神集中、眼裡只有我，那可不行！」

紅樓愈想愈傷心，一方面氣主人只顧著「草櫻石火」，棄「番西蘋」於不顧；另一方面又擔心萬一白樓真的變成紅樓，書生會為新的紅樓取什麼好名？

既然是個飽讀詩書的書生，照道理取的名字必定十分響亮動人。到時候，響叮噹的新名字，肯定會比「番西蘋」更動聽，自己不就被人遺忘了？

紅樓難過得眼眶泛紅，緊握雙手，掌心也捏出一條條紅印、有點痛，然而他的心更痛。他瞪著白樓，忍不住又臉紅脖子粗的開罵：「管你是白變紅還是雪裡紅、辣椒紅，總之這兒只有一棟真正的紅樓，就是番西蘋，也就是我。」

白樓仍然不說話。在他心中，自己一身高貴純白，哪需要與俗不可耐的紅樓計較？

幾天後，書生拎著兩桶紅色油漆，氣喘吁吁的走到白樓外，捲起袖子，拿起刷子，開始動手粉刷。

紅樓真不敢相信自己的眼睛，只見書生隨意刷來抹去，白樓全身紅得不均勻、不徹底、不平整，總而言之就是不好看。

豈只不好看，簡直奇醜無比。

白樓好像也嚇呆了。臉上一絲絲血紅中透著的白，像是哭得很淒慘、冷冷的銀白月牙。而銀白月牙上，一條條胡亂塗抹的紅色油漆，讓他看起來好像身受重傷，病得很嚴重。

紅樓倒是忍不住了，開口問書生：「你為什麼把一棟好好的潔白大樓，塗得像隻大象流鼻血、再打噴嚏般，整棟樓慘不忍睹？」

「哎呀，你難道沒聽過，讀書人手無縛雞之力？連一隻雞都抓不住，哪有力氣塗滿整面牆啊！我現在全身痠痛得很。」書生揉揉自己的肩膀與腰，歎口氣說：「無所謂啦，房子是用來住的，什麼

顏色都好。」

紅樓還有個最大的疑問：「塗成這樣，能叫什麼名字？」

書生倒是平靜得很，聳聳肩答：「何必改名字？還是叫白居不易。」

「但是他不白了！」

「誰規定不白的人，不能姓白。長得黑的人，就得姓黑嗎？」

書生不服氣，說完就拎著空空的油漆桶進屋裡休息了。

紅樓想著自己的名字：「如果有一天，我不再是紅色，還能叫番西蘋嗎？」他再看看滿臉紅中帶白、白中帶紅的白樓，起初覺得好笑，想一想又覺得困惑。於是他問：「喂，你怎麼不向主人抗議？

你被漆得亂七八糟，名字也莫名其妙，不生氣嗎？」

白樓睜開眼，一臉瞧不起紅樓的樣子，開口說話了：「你該關心的是你自己。我倒覺得你紅得太平凡、太無趣。」

白樓還加了句：「名字一點都不重要。香水就算叫做臭水，也一樣是香的。」

紅樓氣得臉漲紅，紅得像快爛掉的紅蘋果般，紅中帶著褐、還帶著黑。

紅樓確定這個世界上，的確有與自己想法完全不同的人。就像是一條大河的兩邊，不同國的兩方，誰都看誰不順眼、也都不懂對方在想什麼？

紅樓哪知道白樓每天痛苦得很，抬頭望天，天是絕望的灰白；低頭望地，地是無情的白灰。但是白樓是驕傲的，他不想跟紅樓聊心事。

「絕不能讓那個庸俗的紅樓看出我的難過。」白樓低頭看著自己一身紅白相間的色彩，既非純潔的白，也不是熱鬧的紅。像被頑皮的孩子，雙手沾滿紅泥巴，亂糟糟的塗抹一番。「唉，紅樓哪能體會我被破壞的低落心情。反正，我是不會跟他吐露心聲的。」

白樓覺得紅樓無知透了。

紅樓覺得白樓無聊透了。

半年後，一家房屋設計雜誌，拍下白樓，刊登在頭版，讚美他：「這是史上最創新的色彩，看了讓人渾身不舒服，是對現代社會極具挑戰的新潮設計。」

內容還寫著，這棟名為「白居不易」的房子，就是在抗議我們

活在一個紛紛亂亂的世界，想要白紙般的單純居心，真的不容易呀！

書生一看到雜誌的報導，真是開心，於是決定讓白樓「不紅不白」的保持下去，不再重新粉刷了。

紅樓嫉妒得雙眼

火紅，生平第一次，他對白樓翻白眼。白樓卻看著他，眼裡一片空白。

那天夜裡，紅樓夢見白樓，夢見白樓還是全身雪白的時候，那麼優雅與高貴。紅樓在夢裡，不知為何流下眼淚。

那天夜裡，白樓也夢見紅樓，夢到紅樓為他落淚。紅樓雙頰泛紅，拍拍白樓，而白樓自己也落下淚來。

《紅樓夢》是中國清代曹雪芹所寫的小說，以一個大家族的興衰起落，暗喻人生的無常。書中穿插許多詩、詞、賦等，文學性極高。

作者說 不要夢裡落淚

對立的兩方，如果有人願意退一步，或是轉個念頭讓一下，僅只一下下，也可能改變局勢，讓彼此都好過一些的。固執的人，只有在夢裡才能得到渴望的溫柔。那又有什麼用？

超馬童話作家 王淑芬

王淑芬，臺灣師範大學畢業。曾任小學主任、美術教師。受邀至海內外各地演講，推廣閱讀與教做手工書。已出版「君偉上小學」系列、《我是白痴》、《小偷》、《怪咖教室》、《去問貓巧可》、《一張紙做一本書》等童書與手工書教學、閱讀教學用書五十餘冊。

最喜愛的童話是《愛麗絲漫遊奇境》與《愛麗絲鏡中漫遊》，曾經為它做過好幾本手工立體書。最喜愛書中的一句話是：「我在早餐前就可以相信六件不可思議的事。」這句話完全道出童話就是：充滿好奇與包容。

一顆糖

亞平

圖／李憶婷

三隻小鼴鼠在河邊玩耍。

天氣晴和，微風徐徐，三隻鼠玩得很開心。

先玩潑水遊戲，再玩跳石頭遊戲，最後是打水漂兒——一塊一塊的小石片兒在水面上跳舞，阿力大聲叫，阿發大聲笑，阿胖大聲吼，三隻鼠為了誰輸誰贏，爭嚷不休。

突然，阿力指著水面不遠處，說：「瞧，那是什麼？」

一個小小的、亮亮的東西。

阿發抬頭看了一會兒，說：「樹葉吧！」

阿胖頭也不抬：「搞不好是垃圾，河面上哪會漂來什麼好東西？」

不過，阿力可看仔細了。

他快手快腳的跑到岸邊，找到一根細長的樹枝，便往河邊跑。

阿發也不過瞅了阿力一眼，就知道他的心思了，他接過長樹枝，高聲嚷著：「要把它撈起來嗎？好的，看我厲害！」

阿發擎著樹枝在河上奮力的撈，一次，兩次，三次，終於撈到這小東西了，可是河水的流速是這樣的快，忽然間，又把小東西帶開，離岸邊更遠了，怎麼辦？

阿發氣不過了。

只見他伸長手，使盡全身力氣，用力一掃。

小東西飛起來了，像一隻小鳥般飛得又快又好，最後，咻的一聲，穩穩的落在阿胖的手掌心上。

「哈哈，我接住了！一百分！」阿胖大叫。

「這是什麼東西呀？」

阿發、阿力也跑過來了。

只看了一秒鐘，阿力就高興得叫起來了：「我知道這是什麼，是一顆糖！」

兩秒鐘後，阿發、阿胖也點點頭：「是的，一顆糖！」

陽光晴和，微風徐徐，現在，三隻鼠可不開心了。

為了撈起來的一顆糖，三隻鼠火氣很大。

「這顆糖是我先看到的，當然要給我吃，快，阿胖，還給我吧！」阿力先聲奪人。

阿胖卻將手緊緊的背在後面：「可是，這糖是自己跑到我手裡的呀，既然它自己飛來，那就是要給我的，為什麼要還給你？」阿胖也不甘示弱。

阿發可沒好氣了：「你們真是過河拆橋，如果沒有我使勁用樹枝撈，現在還會有這顆糖嗎？說到底，這顆糖應該是要給我吃才對，這件事，我最辛苦，出力最多，不是有一句話：『最辛苦的人才有糖吃！』糖，應該屬於我的。」

阿力笑了起來，他對阿胖說：「你聽過這一句話嗎？」

「當然沒聽過！」阿胖也笑了。「我聽到的是：『誰拿到糖，糖就是誰的！』現在糖在

我手裡，當然就是我的。」

「不對，是我的！」阿力也上來搶糖了。

「可惡，過河拆橋的朋友們！」阿發也加入戰局。

就這樣，三隻鼠扭打成一團，為了天外飛來的一顆糖。

真是鼻青臉腫啊！

扭打了十分鐘後，阿力靠著努力不懈的戰鬥力，終於從阿胖手中搶走糖，他拿起樹枝，在地上畫了一條線：「不准超過這條線，誰超過線，就不是我的朋友。」

阿發則是一臉不屑的說：「早就不是朋友了。朋友是有福同

享，有難同當，不是自己獨開心的。」

阿力撇撇嘴回道：「這句話你要說給阿胖聽，要不是他自私的據為己有，我也不會這樣做。」

「好嘛，好嘛，我錯了就是。」阿胖低聲下氣，「那你可以把糖分一半給我嗎？」

「我考慮、考慮。」阿力欣喜的回應道。

「分一半？你們兩個想分掉這顆糖，完全不管我？」阿發繃著一張臉，「你們也不想想上次我採的藍莓果，你們兩個吃掉一整籃，我一句怨言也沒有；現在，一顆糖，你一半，阿胖一半，我連渣都沒有，這，這，對得起我嗎？」

阿發大概太生氣了，他重重的跺了一下腳。

「好嘛，好嘛！」阿力看看阿發，又看看手上的糖，「這樣好了，這顆糖，我一半，阿發一半。」

這下又換阿胖不肯了，他大哭起來，「你們兩個高興的吃糖，我什麼都沒有。」

「好嘛，好嘛！」阿胖的哭聲真是太大聲了，阿力受不了，他舉著糖大聲說：「那我把糖分成三份，一人三分之一，這樣總可以吧？」

「嗯……可以接受。」阿發說。

「早這麼說不就得了！」阿胖抹抹眼淚也點點頭。

「要不要我們過去幫你？」阿發擔心阿力食言，想過去盯著。

「別別別，別超過地上的線！這麼簡單的小事，我一個人來就好。」阿力胸有成竹。

於是，一條線內外的三隻鼠，六隻眼睛，全盯著一顆糖瞧。藍色的糖，包在一個小塑膠袋內。

阿力一邊撕扯包裝袋，一邊說：「我猜啊，這一定是顆薄荷糖，只有薄荷糖才會有這種美麗的顏色……」

話還沒說完，一隻碩大的手，突然從阿力的背後，把糖拿走了。

「吵什麼啊，原來是為了一顆糖！」說話的是另一隻碩大的鼴鼠——大個兒，他最喜歡找三隻小鼴鼠的麻煩了。

「一顆糖分成三份，怎麼分？還是把糖送給我，我一口氣吃下肚，大家都不用吵。」大個兒拿到糖，開心的咧嘴笑。

「不行，這是我的糖！」阿力忍不下這口氣，衝上去就要搶。

現在，換阿力和大個兒扭打起來了。

阿力哪是大個兒的對手，兩三下鼻青臉腫，一身的傷，躺在地上嗚嗚哭。

大個兒則是拿走糖，揚長而去。

「你們，也不過來幫幫我！」阿力對

著一旁看戲的阿胖和阿發埋怨道。

「是你自己說的，超過線的就不是朋友！」

阿胖氣不過，回嘴道。

「看著我被打，也不是朋友吧！」阿力更委屈了。

「有糖時，不當我們是朋友；被打時，才想到我們是朋友。唉，這種朋友，不要也罷！」阿發真是生氣了，轉身就走。

阿胖也沒了興致，拍拍手腳，也走了。

只剩下阿力一人在河邊嗚嗚哭著。

陽光晴和，微風徐徐，河面上忽然閃過一抹藍色薄荷糖的顏色。

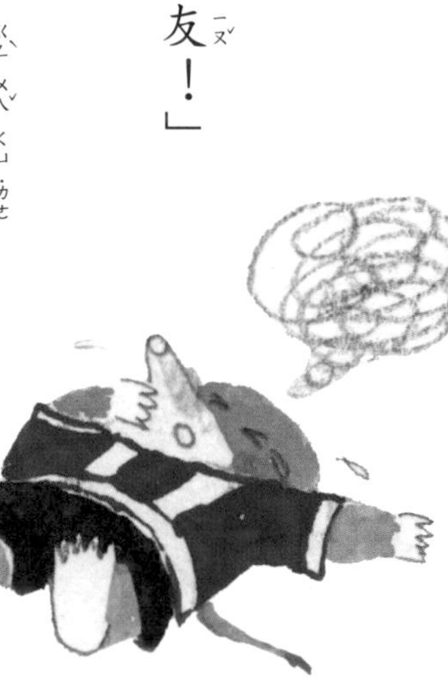

之後幾天，三隻鼠好像吃了炸藥似的，誰也不理誰。

平時都是一起上學，一起放學的，現在可不，你走你的陽關道，我過我的獨木橋，就算是不小心見著了面，也是扭頭一擺，哼！

兩天後，情況又有些變化了。

阿胖和阿發好像和好了，像橡皮糖似的，走到哪兒都黏在一起，時不時就在一起嘰嘰喳喳，悄聲說笑，獨獨對阿力視而不見。

有人問阿胖、阿發他們：「怎麼不理阿力了呢？」

阿發說：「沒辦法，他在我們中間畫了一條線。」

有人問阿力：「為什麼要畫一條線呢？」

阿力蒼白著臉，落寞的說：「我沒有畫線，是他們逼我畫線的。」

就這樣，過了一個星期。

今天一早，所有的鼴鼠們都來到了鼴鼠洞第十四號教室。一進教室，每隻小鼴鼠都是一臉驚喜，因為歷史老師——史太太，手上竟然拿著一罐藍色的薄荷糖。

「史太太，今天不上歷史課，只吃糖嗎？」鼴鼠小樂問。

「當然不。今天我們要上的是鼴鼠第三王朝黑暗時代，這是個很重要的時代，大家得要用心聽。」

「唉！」大夥兒嘆了口氣。

「不過，講完後，我會來個隨堂抽問，答對的就可以得到一顆糖！」

「耶！」大夥兒的眼睛又亮了起來。

有了糖果當獎勵品，大夥兒上課好認真啊！

史太太也遵守諾言，在下課前十分鐘開始隨堂抽問，搶答非常熱烈，一下子，二十顆糖全都送光了。

阿力自個兒得到兩顆。

阿發得到一顆。

阿胖一顆也沒有得到。

下課了，阿發、阿胖兩隻鼠靠在一起，打算分一顆薄荷糖，他們想方設法，要把糖分成兩半。

阿力過來了，他伸出手，對著阿發、阿胖說：「這兩顆糖給你們吃，我們和好吧。」

「你不吃？」阿胖問。

阿力搖搖頭，「我比較想跟你們一起玩。」

阿發也過來了。

他看看阿力手上的糖，沉吟一會兒，說：「是你先畫線的。」

阿力說：「我知道。但是現在我想把這條線擦掉。」

三隻鼠都坐下來了。

他們不發一語，看著眼前

的三顆糖。

阿發先說話了：「誰叫你那麼自私，想獨吞那顆糖，害我們心裡不好受。」

阿力也說：「看你們兩個一起玩，都不理我，我心裡也不好受。」

「為了一顆糖，我們三個又打架又冷戰，實在不值得。」阿發嘆口氣。

「還不如認真上課，從史太太的手上就可以拿到好吃的薄荷糖。」阿力說。

「吵到最後，糖還被大個兒吃了，超級倒楣。」阿胖嘆息道。

阿胖的話還沒說完，一隻大手又從阿胖的背後伸出來了：「哈哈，現在，我，大個兒，又來吃糖了！」

大個兒一手就掃走了三顆糖，同時，還掄起大拳頭，嚇阻三隻小鼴鼠。

「這口氣怎忍得下去？」三隻鼠只是對看一眼就發動攻勢了。阿胖咬腿，阿發咬手，阿力則是跳上去抓臉抓耳朵。六隻小手不留情的抓抓抓捏捏捏，把這幾日來的委屈、悶氣、不開心，一股腦兒發洩在大個兒身上。

大個兒沒想到三隻小鼴鼠合力起來，攻勢如此凌厲。痛苦之餘，丟出糖果，坐在地上，哭了起來。

三隻鼠拿了糖，轉身就跑。

現在，三隻鼠坐在河岸邊，一邊吃糖，一邊打水漂兒。

「薄荷糖真好吃！甜甜的，涼涼的。」

「大家一起吃糖更好吃了！」

「如果大個兒再欺負我們，我們就這樣對付他。」

「不知道下次史太太會不會再帶糖果來？」

「聽說她要帶巧克力糖！」

「巧克力糖？快，別玩了，等一下我們就回去看書吧。第三王朝黑暗時代，是吧？」

「不是不是，是第四王朝迷宮時代！」

陽光晴和，微風徐徐，這世界，也甜美得像一顆藍色薄荷糖。

作者說

為友誼添上飛翔的翅膀

為了一顆糖，三隻鼠吵成一團，值得嗎？

當然不值得。所以，我們要學會適時的認錯。朋友之間相處，難免會吵架，吵架容易，認錯卻難了。

認錯的勇氣，和寬恕的胸量，這是「讓友誼更堅固」的兩隻小翅膀。

超馬童話作家

亞平

臺東大學兒童文學研究所碩士，國小教師、童話作家。

投入童話創作十幾年，燃燒內心的真誠和無窮盡的幻想，為孩子們帶來觸手可及的愛與溫暖。

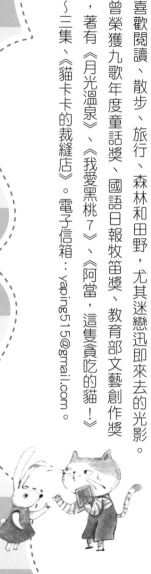

喜歡閱讀、散步、旅行、森林和田野，尤其迷戀迅即來去的光影。

曾榮獲九歌年度童話獎、國語日報牧笛獎、教育部文藝創作獎等，著有《月光溫泉》、《我愛黑桃7》、《阿當，這隻貪吃的貓！》一～三集、《貓卡卡的裁縫店》。電子信箱：yaping515@gmail.com。

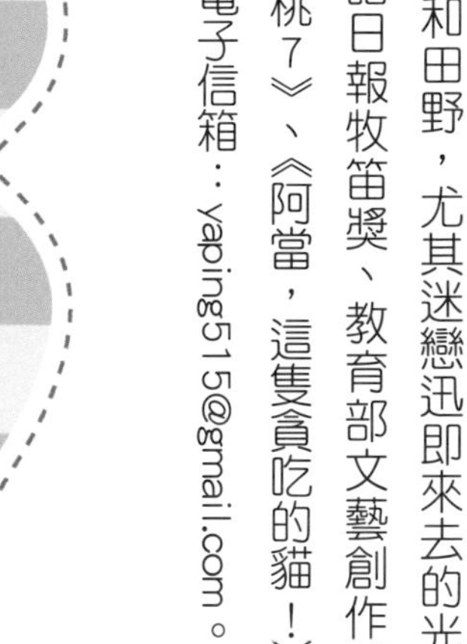

狐狸野狗大吃一驚

王家珍

圖／陳昕

狐狸小群和野狗阿黨，從小就跟爸媽失散，在蓋亞雜樹林相遇時，狐狸小群眼光射出孤苦無依的訊號，剛好被野狗阿黨眼睛裡淒涼無靠的接收器接個正著，他倆互相靠近，依偎在一起取暖。

狐狸小群和野狗阿黨，一起追捕獵物、躲避敵人，不但變成好朋友，還結拜為兄弟，成為「**狐群狗黨．最佳拍檔**」，宣誓詞非常感人：在天願作比翼鳥，在地願為連狸狗，天長地久有時盡，友誼綿綿無絕期。

蓋亞雜樹林中央有數十棵羊蹄甲。春天時，花開滿樹，輕輕一陣風吹過，美麗的粉紅花瓣在樹上跳舞，吸引很多蝴蝶、蜜蜂來朝聖。

有一天，春天的和風帶來一個嬌客——許願天使，他降落在花開得最燦爛的羊蹄甲樹上。

天使摘下羊蹄甲葉片，拿出鵝毛筆、蘸著花蜜，在上頭寫著什麼。他一邊寫、一邊抓抓耳朵、撓撓鼻子，甜甜的花蜜抹得滿頭滿臉。

十幾隻蜜蜂聞香蜂擁而來，天使也怕蜜蜂螫，兩隻手又揮又遮，一個重心不穩，往後翻下樹，快落地前，他俐落的轉身，接著往上騰飛，消失蹤影。

天使的鵝毛筆掉在樹下、寫了字的羊蹄甲葉片也飄落在地，兩件珍貴寶物在陽光照射下，閃著七彩虹光。

在旁邊偷看的「狐群狗黨．最佳拍檔」衝上去，狐狸小群撈到羊蹄甲葉片，野狗阿黨搶到鵝毛筆。

狐狸小群說：「鵝毛筆借我瞧瞧。」

野狗阿黨說：「藏在你背後的葉子上寫什麼？」

狐狸小群說：「鵝毛筆借我寫，葉子就借你看。」

野狗阿黨說：「數到三，一起拿出來。」

一、二、三，他倆同時把鵝毛筆和羊蹄甲葉片放在石頭上。

天使在樹葉上寫了詩：

海月亮森林藏祕密
貝殼沙灘巨石聳立
晝最短夜最長那晚
天使光閃爍天際
大翅鯨的白尾鰭

第三次拍打海平面
率先跳入月亮海
大聲說出願望
夢想馬上就實現

大家都聽過海月亮森林的傳說，不過這個緊鄰大海的神奇森林藏在沙漠後方，出發去尋找海月亮森林的動物，全都有去無回，消失無蹤。

對於海月亮森林是否存在？大家都半信半疑，那些消失的動物究竟去了哪裡？則是眾說紛紜。

從小天使遺落的羊蹄甲葉片上的詩句看來，海月亮森林確實有神奇力量。

狐狸小群說：「我長到這麼大，還沒看過大海。」

野狗阿黨說：「我長到這麼大，還沒看過大翅鯨。」

狐狸小群說：「廢話！你和我一樣沒看過海，怎麼可能看過大翅鯨？」

野狗阿黨說：「奇怪！你可以說沒看過大海，我就不能說沒看過大翅鯨嗎？」

狐狸小群說：「率先跳進月亮海，表示名額只有一個。我比你大，也比你高，孔融讓梨的故事聽過沒？你應該禮讓我先跳。」

野狗阿黨說：

「大欺小，被狗咬。你比我大，應該照顧我，讓我先跳。」

他倆一言不和，吵了起來，剛開始是你推我、我踹你，最後演變成又抓又咬，直到兩個都鼻青臉腫屁股痛。

不曾吵過架、總是和睦相處的「狐群狗黨．最佳拍檔」，為了誰可以率先跳海、實現心願，第一次吵架，好長一陣子不說話。之前，他倆吃喝拉撒睡在一起，感情融洽，合作無間；現在，他倆互看不順眼。

吃飯時，狐狸小群嫌棄野狗吃相太難看，長得更難看；睡覺時，野狗阿黨覺得狐狸身上有騷味，放屁無敵臭。

感情好，什麼都可以接受；感情不好，一分鐘都難以忍受。

狐狸小群覺得野狗阿黨和自己不同國，老愛唱反調；野狗阿黨認為狐狸小群總是扯他後腿，不配當他的朋友。

狐狸小群有非達成不可的願望，野狗阿黨也有。好東西要與好朋友分享，一隻松雞可以對半吃；一隻野兔可以對半咬……可是，一個願望怎麼對半分？

在白天最長、夜晚最短的夏日清晨，野狗阿黨從地洞冒出來，蹲低身子，偷偷摸摸往前爬了一小段路，繞過高大野草，快速往南邊跑。

「碰！」的一聲巨響。

「哎喲！痛死我了！是誰走路不看路哇？」狐狸小群鬼叫著。

「哎喲！哪個沒長眼睛的大白目，撞得我頭昏眼花啊！」野狗阿黨哀嚎著。

原來，狐狸小群從後門溜出來，繞過

高大野草，也往南邊走，兩個不偏不倚撞個正著。

狐狸小群揉揉腮幫子說：「狡詐的野狗，竟然敢偷溜！」

野狗阿黨搓搓額頭說：「自私的狐狸，背地裡耍詐！」

「我還知道羞恥，偷偷摸摸走後門，哪像你，耍詐偷溜還敢走前門，臉皮比犀牛皮厚。」狐狸小群丟下這句話，就急匆匆往南跑去。

「等等，我還沒說出發，偷跑的是小狗。」野狗阿黨在後面叫著，快步趕上。

一路上，他倆耍盡心機、互相陷害，恨不得對方被獅子、老虎捉去當點心、塞牙縫。

以前互看彼此，怎麼看都可愛順眼；現在，怎麼瞧都覺得討厭礙眼。

狐狸小群和野狗阿黨從夏天走到冬天，歷盡千辛萬苦，繞過高聳的烏白山頭，跑過綿長的蘭心溪谷，還冒著生命危險，穿越噴火龍沙漠最狹長的那一段。

他倆在白天最短、夜晚最長那天來到噴火龍沙漠南方邊緣。一棵歪歪扭扭的枯樹站在一望無際的大地上，旁邊的大石頭有個告示牌：海月亮森林，歡迎你光臨。

狐狸小群和野狗阿黨繞過大石頭，眼前的景色讓他們同時「哇！」了一聲，驚訝又驚喜。

大石頭後方是一大片往下延伸到海岸的緩坡，坡上長滿千奇百怪的樹、開滿萬紫千紅的花。

樹林的盡頭是彩色貝殼沙灘；沙灘的盡頭是紫色大海，大海往前延伸，跟藍色的天空接在一起。

這就是傳說中的海月亮森林嗎？狐狸小群和野狗阿黨呆立原

地，嘴巴老半天沒闔上。

他倆又餓又渴又累，沒有力氣吵架，也不敢貿然走進海月亮森林，暫時拋開恩怨，爬上大石頭坐在一起。頭靠著頭、肩併著肩、兩個大屁股也擠在一起，安靜看著遠方大海，直到夜幕低垂，大滿月從海平面緩緩升起。

狐狸小群說：「啊！百聞不如一見，一望無際的大海真美麗。」

野狗阿黨說：「啊！千聞不如一見，月亮從海平面升起，超神奇。」

狐狸小群說：「我講百聞，你就說千聞。老是跟我過不去，存心把我比下去。」

野狗阿黨說：「千聞對百聞，不是很妙嗎？你動不動就生氣，老愛比來比去，真是壞脾氣。」

狐狸小群和野狗阿黨斜眼互瞄彼此一眼，同時跳下大石頭，兩個都想搶先一步跳進月亮海。

他倆一路快跑，亮晃晃的大滿月躲到一片烏雲後，天際出現天使光，月亮海近在眼前，狐狸小群和野狗阿黨好緊張，心臟砰砰跳，該許什麼願望呢？

他倆跑上貝殼沙灘，踩著小石頭，跳上大石頭，最後爬上聳立在貝殼沙灘、泡在海水裡的巨石。這塊巨石的位置很棒，伸入海水中，是絕妙的跳臺。

遙遠的海面，幾隻大翅鯨在巡行，噴出滔天水柱，葡萄紫色的海水，美麗又夢幻。

一隻大翅鯨跳出水面，尾鰭激起滔天浪花。

大翅鯨很快又跳躍一次，尾鰭再次激起滔天浪花。

第三次遲遲沒有出現，海浪一陣陣打上巨石，狐狸小群和野狗阿黨把願望擱在嘴邊，密切注意大翅鯨的動向。

為了一個不知道能不能實現的願望，兩個相依為命的好兄弟變成水火不容的仇敵。

猜忌與不滿剛剛形成時，只是一粒扎眼的沙，日積月累之下，沙子堆積成高牆，再也看不見彼此的心。

其實，狐狸小群和野狗阿黨內心深處的願望一模一樣：要跟爸媽重逢，想回到溫暖的家。因為擔心對方聽了會傷心；也害怕希望落空被嘲笑，這個願望，他們都沒有說出口。

狐狸小群說：「我許願要有永遠吃不完的、雞屁股超嫩的烤松雞。」

野狗阿黨說：「我許願要

有永遠吃不完的、大耳朵香脆的焗野兔。」

狐狸小群說：「我聽你亂吠。」

野狗阿黨說：「我聽你胡扯。」

他倆吵得臉紅脖子粗，就在這個緊要關頭，大翅鯨第三次躍出海面，尾鰭拍打海面的瞬間，狐狸小群和野狗阿黨撇下對方，同時跳入大海，大聲說出願望。

「好鹹啊！」狐狸小群喝了好幾口鹹得要命的海水。

「好冰啊！」野狗阿黨被冰冷的海水凍得胡言亂語。

羊蹄甲樹葉詩寫著：**率先跳進海裡，大聲說出心中願望，夢想馬上就實現。**

他倆幾乎同時跳進海裡，應該算是並列第一。可是，說海水很冰、很鹹，這是事實，並不是願望。如果沒有許願，會發生什麼事呢？

海水又冰又鹹，不會游泳的狐狸小群努力掙扎，會狗爬式的野狗阿黨載浮載沉。狐狸小群眼光射出孤苦無依的訊號，再次被野狗阿黨眼睛裡淒涼無靠的接收器接個正著。

野狗阿黨游到狐狸身邊，推著他往岸邊游去。

狐狸小群說：「對……不……起。」

野狗阿黨說：「好……兄……弟。」

退潮的海水往外海撤退，他倆力氣用盡，放棄掙扎，慢慢沉入海底。

「狐群狗黨．最佳拍檔」帶在身邊的鵝毛筆和羊蹄甲樹葉，就在這個時候浮出水面，晃盪在灑滿月光的月亮海上，神奇的事發生了，狐狸小群和野狗阿黨變成兩隻大翅鯨寶寶，躍出水面。

其實，在「夢想馬上就實現」後面，還有一句詩，但是許願天使為了閃躲蜜蜂，來不及寫完。

最後一句詩就是：「沒有許願就會大吃一驚。」

來不及許願的狐狸小群和野狗阿黨，看到彼此變成大翅鯨，果真大吃一驚。

驚慌平息以後，他倆很快就掌握游泳技巧，在海中優游。

大翅鯨小群問：「怎麼辦？我們再也不能回家。」

大翅鯨阿黨答：「有爹有娘的孩子，才要擔心回不了家；沒爹沒娘的孩子，到哪兒都是家。」

兩隻大翅鯨暢遊月亮海，開心得唱起歌來。

大翅鯨小群唱著：「陸地是家，大海是家，有你的地方就是家。」

大翅鯨阿黨唱著：「山珍吃膩，換換口味，嘗嘗美味的魚和蝦。」

全程目睹的許願天使微微笑，因為他的巧思，在海裡歌唱的大翅鯨愈來愈多。

作者說

鼓起勇氣化解對立

與人對立很不好受，和親友因為立場不同而對立時，內心更是煎熬。為了一個不一定能實現的願望，狐狸和野狗從同一國變成不同國；從互相支持變成彼此對立……藉由這個故事，我想告訴小朋友：「當你和親人或好友對立時，多想想曾經有的美好，承認錯誤需要勇氣，包容與接納也不是容易的事，為了這份難得的情誼，一定要鼓起勇氣多試幾次！」

超馬童話作家

王家珍

出生於澎湖馬公。擔任過兒童讀物編輯和老師，不管正職為何，都認定創作童話為畢生職志。

創作童話滿三十年，出版過十八本書，排隊等出版的不只十八本。

創作風格為正經八百搭配搞笑耍壞、黑色諷刺摻合溫馨感人，小孩適讀，大人看了會拍案叫絕。最新出版《說學逗唱，認識二十四節氣：虎大歪說民俗趣事，狗小圓吃時節當令》為創新之作。

黑貓布利：喂！對面的

賴曉珍
圖／陳銘

布利抓著酪梨小姐送的錢包，裡頭裝著他一個月的薪水，發呆露出微笑。直到他發現一雙不友善的大眼，透過玻璃門狠狠瞪著他。

「好可怕喔！」布利轉頭跟忙著寫進貨單的酪梨小姐說：「那傢伙又來了耶！」

酪梨小姐抬頭看了店外那位不友善的傢伙一眼，搖搖頭說：「別管他，大家是鄰居，和睦相處比較好。」

「可是，他真的很奇怪耶！」

甜點店裡現在沒客人，布利正好可以跟酪梨小姐聊天，發洩心裡的不滿。

一個星期前，酪梨小姐的甜點店對面開了一家麵包店，老闆是一隻大黃狗。

布利原本好興奮喔，即使對方是狗不是貓，他還是覺得很親切，也為對方感到驕傲。他猜，對方一定是從狗島來的，好厲害，不僅能在人類的城市工作，甚至還自己當老闆。

他原本想先過去打招呼，可是發現，那傢伙常常站在甜點店門外，眼露兇光的狠狠瞪著他跟酪梨小姐，讓他全身起「貓」皮疙瘩。

「他大概把我們當成競爭對手了。」酪梨小姐說：「他賣麵包，我們賣甜點，應該互不影響。只是，不曉得他怎麼想？」

布利可不甘心常常被狗瞪，所以工作空閒時，也會偷偷看對面

的生意如何？

「那家麵包店好像生意不好耶！」布利躲在窗邊偷看，跟酪梨小姐說：「哼！老闆那麼兇，誰敢上門買麵包？」

布利發現，偶爾有幾位客人走進對面的麵包店，出來時手上卻都沒有提麵包，臉還臭臭的。

他問過這些客人，他們說：「對面的麵包很奇怪……難以形容，就是奇怪……」布利實在很好奇，不親眼看看，他無法想像什麼叫奇怪的麵包？

「酪梨小姐，走！」趁著甜點店剛忙過尖峰時段、稍做休息的空檔，布利抓起錢包說：「我們去對面買麵包。」

酪梨小姐愣了一下，但立刻露出微笑說：「真搞不懂你，好吧，去逛逛對面的麵包店也好。不過，就算對方態度再壞，也不可以跟對方吵架喔！」

布利點點頭。

酪梨小姐掛上「外出中」的牌子，鎖上玻璃門，跟布利一起走進對面的麵包店。

進了麵包店一看，裡頭一個顧客也沒有，狗老闆坐在櫃臺前打瞌睡，突然被驚醒，看見是他們，眼睛瞪得好大。

店中央有張大桌子，擺著幾個籃子，裝著麵包。

布利跟酪梨小姐一看——大骨頭麵包、螺絲釘餐包、鐵氟龍可頌……真的真的，都是好奇怪的麵包喔！

他們「咦！啊！」驚呼，也感受到背後有兩道狠狠的兇光。

這麼奇怪的麵包，店裡的氣氛又陰森森的，布利和酪梨小姐很想逃，轉身要走時，狗老闆大喊一聲：「等一下！不買可以，要付參觀費。」

「啥？」

這根本是「敲詐」嘛！布利終於懂了，為什麼每個走出這家店的客人臉都臭臭的，而且再也不去了。

酪梨小姐大步走向櫃臺，跟狗老闆說：「不是我說你，你這樣做生意不行！麵包裡包螺絲釘、大骨頭，還有什麼鐵氟龍，能吃嗎？就算為了創新，也要做出能入口的食物吧！還有，顧客不買，老闆就該自我檢討，還敢要參觀費！」

布利在一旁聽了頻頻點頭，他知道酪梨小姐平時脾氣溫和，可是如果生起氣、發起飆來，很可怕！果然，連狗老闆都被罵得「狗血淋頭」，脖子愈縮愈短，頭都低下去了。

「不然，我該怎麼做？」狗老闆說：「對了，忘了自我介紹，我叫哈姆，就是『火腿』的意思。」

「火腿？對！麵包夾火腿還差不多。」酪梨小姐說。

「還可以夾布利乳酪。」布利也說。

「哇！你們懂好多喔，這些我都不曉得！」哈姆說：「難怪你們的生意那麼好，讓我看了就生氣，為什麼我店裡沒客人？」

「所以你才常常瞪我們哪？」布利說。

「對呀，因為我覺得你們搶走了我的客人。」哈姆說：「唉，如果賣不出麵包，我就別想回家了。」

「你從哪裡來的？狗島嗎？」布利問。

「哈哈！」哈姆大笑：「狗島？那是什麼地方啊？告訴你們，我可是從遙遠的狗星球來的，我的太空船還停在地下室呢！啊，我說溜嘴了，我就是藏不住祕密。」

酪梨小姐問：「所以，你是一隻外星狗囉？難怪，你做的麵包口味好奇怪！」

哈姆嘆口氣說：「我賣的明明都是我們星球上最熱銷的麵包，

不曉得為什麼來你們這裡就行不通？」

「你肯定沒吃過地球名店賣的麵包，這樣做生意怎麼行？」酪梨小姐說。

布利好奇的問：「你為什麼要來地球開麵包店？」

哈姆說：「其實，這是我的畢業作業，我必須交出一篇『如何攻佔地球』的研究報告。哎呀！糟糕，我又說溜嘴啦！」

「你要攻佔地球？」布利大叫：「用麵包嗎？」

「嗯。」哈姆點點頭說：「你不要小看這些麵包喔，只要吃了這些麵包，地球人跟動物就會變得笨笨的，完全不用武力進攻，就會乖乖交出地球，還會跟我們說謝謝呢！你們說，我的點子是不是很聰明呢？唉，只可惜，我的麵包賣不出去。」

布利跟酪梨小姐都覺得哈姆太笨了，又多嘴、守不住祕密，如果狗星球上的外星狗都像他這樣，地球人才是不需用武力就可以攻佔他們。

「你不能換個題目嗎？好比，如何跟地球人和平相處，或是，地球人熱愛的麵包……之類的？」布利問。

「可以是可以啦，反正題目是我自己訂的，只要能交出一篇報告，我就可以回家，順利參加畢業典禮了。只是，還要再想個新題目好難喔！你們不知道，原先這個題目跟實施計畫，我可是花了三年才想出來，更不用說，還花了四年去學做麵包。要再想新題目，我都『老』了。」

哈姆講時，酪梨小姐一直仔細聽，仔細思考。她想了想，跟哈姆說：「這樣吧，我教你做甜點，學三樣就好。只要學會做甜點，你的生意鐵定會變好。不過，你不可以在甜點裡下藥，讓吃的人變

得笨笨的喔！」

「可是，這對我有什麼好處？」哈姆說：「我還是無法寫出『如何攻佔地球』的研究報告哇！」

「那你就錯了！」酪梨小姐說：「你完全不了解地球人，我們根本不怕武力，我們怕的是美食，尤其是甜點。你知道有多少人受不了甜點的誘惑，被美味的甜點征服，就算體重一直增加都不在乎嗎？你只要做出美味的甜點，讓地球人愈吃愈胖，胖到走不動，就可以輕易的攻佔地球了，怎麼樣？」

「哇！這個主意太好了。」哈姆點點頭說：「這麼棒的點子，我可能花五年時間都想不出來呢！」

「好！那你明天就來。」酪梨小姐說。

於是布利跟酪梨小姐免付參觀費，大大方方走出麵包店。布利覺得酪梨小姐好聰明，卻也搞不懂她究竟在想什麼？

第二天，哈姆來了。酪梨小姐先請他吃一盤店裡的招牌甜點。

哈姆眼睛發亮說：「我從沒吃過這麼好吃的東西，比我店裡的招牌麵包好吃一百倍！」

布利點點頭說：「對呀！我以前在貓島也沒吃過這麼好吃的東西呢！」

哈姆迫不及待想學做好吃的甜點。

酪梨小姐說：「好！你跟布利一起學，不懂的地方他可以教你

喔！」

於是，布利成了哈姆的「師兄」。他也才知道，哈姆只是外表裝得兇巴巴，其實個性懦弱又膽小。

酪梨小姐教哈姆做簡單的瑪芬、磅蛋糕和蘋果塔。

「只要學會這三種，你就可以利用不同材料，做出各種變化，好比蘋果肉桂瑪芬、藍莓瑪芬、檸檬磅蛋糕、胡蘿蔔磅蛋糕、巧克力塔、草莓塔等等。之後我再教你做卡士達醬跟奶油醬，你就更可以發揮了。」

哈姆雖然不聰明，但是很認真，很快他就學會了這些。

一個月後，他突然來向酪梨小姐和布利辭行。

「我明天就回去了！」哈姆說：「這段時間謝謝你們的幫忙與照顧。」

「咦！你的研究報告完成了嗎？」布利說：「你每天來我們店

裡學習，麵包店也休息了一個月，現在學會了，不打算賣甜點嗎？」

哈姆說：「我是打算開甜點店哪，可是不在這裡開。我怎麼打得過酪梨小姐呢，哈哈！所以我要回狗星球開甜點店，賣酪梨小姐教我做的瑪芬、磅蛋糕跟塔，一定能打敗我們星球上的甜點店和麵包店。」

酪梨小姐問：「可是，你們星球上有食材嗎？」

哈姆說：「放心，我帶了很多食材回去，已經裝滿太空船了。我們還會見面，因為我會定期回來採購食材。」

「啊！對了，」哈姆又說：「那篇報告我不寫了。我現在對烘焙充滿熱情，也知道自己未來想做什麼，所以根本不需要那張畢業

證書，只想開一家好吃的甜點店。謝謝你們，讓我了解了這些。」

酪梨小姐點點頭說：

「好，等你想再進修時，記得回來找我喔！我可以教你做更多甜點，比如：起士蛋糕、泡芙等等。」

哈姆鞠個躬回去了。

第二天，麵包店的門

從此關上，不久又貼出「出租」的紅紙。

布利常常看著對面的門說：「不曉得哈姆現在怎樣了？真是不可思議，剛開始他天天在門外瞪我們，模樣好嚇人，沒想到後來我們竟成了好伙伴。他回去後，我還真有點想念他呢！」

「對了！」布利轉頭問酪梨小姐：「當初你為什麼願意教他做甜點呢？」

酪梨小姐說：「你不懂嗎？要化解『對立』的好方法之一，就是跟敵人成為朋友，而最容易成為朋友的方式，就是一起吃好吃的東西。這就是美食的魔法，甜點的魔力喔！」

「嗯。」布利點點頭說：「甜點的魔力的確厲害，連外星狗都被收服了。酪梨小姐，你真厲害，大家都不知道你解除了地球危機呢，哈哈！」

酪梨小姐也哈哈一笑說：「別耍嘴皮子了，工作吧，今天教你做進階級甜點，好好學喔！」

「遵命！老闆。」

布利為自己加油，打起精神認真工作了。

作者說

放過別人，也讓自己海闊天空

把討厭的人當成敵人很簡單，但要把討厭的人變成朋友，可就是一門修養與學問了。討厭一個人，常常是沒有理由的，這裡頭可能存在著偏見跟誤解。與他人對立的感覺很不好，也影響自己的健康，所以何不學習寬恕的修養，放過別人，也讓自己海闊天空。

超馬童話作家

賴曉珍

出生於臺中市，大學在淡水讀書，住過蘇格蘭和紐西蘭，現在回到臺中專心當童書作家。寫作超過二十年，期許自己的作品質重於量，願大小朋友能從書中獲得勇氣和力量。

曾榮獲金鼎獎、開卷年度最佳童書獎（橋梁書）、九歌現代少兒文學獎，其他得獎記錄：九歌年度童話獎、國語日報牧笛獎、好書大家讀年度最佳少年兒童讀物獎等，已出版著作三十餘冊。

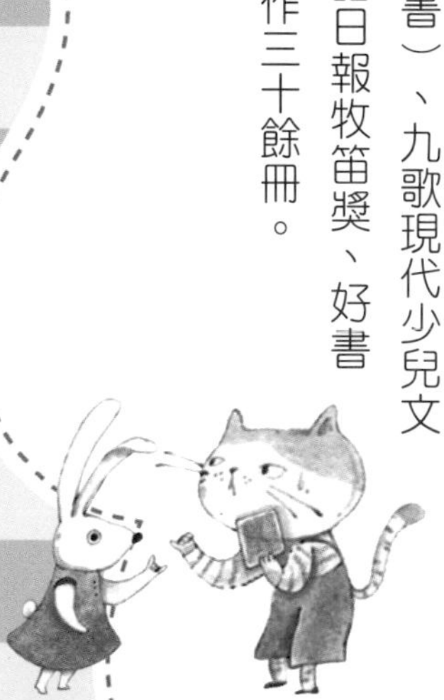

恐怖照片旅館：馬戲團門票

顏志豪
圖／許臺育

「記得，我們是朋友喔！不要忘了我！」這句話像是一個詛咒，不斷出現在我的腦海裡。

「你到底在幹什麼？整天魂不守舍。」媽媽嘮叨。

我不是故意的，只是我的腦海裡一直出現那個兔子女孩。

「不能再想了。」

這種事就是如此，剛開始你會很害怕，甚至每天晚上都作惡夢，但是學校的事、朋友的事慢慢淹沒你的生活，你就會逐漸淡忘。

一個月後的晚上，無論我數了多少星星，我還是莫名其妙的睡不著。

算了！起來上一下廁所好了。

爸媽睡得不省人事，我往長廊走去，發現爸爸的暗房竟然有聲音，不對呀，那裡應該不會有任何人。

我的心臟噗通噗通跳著，放輕腳步走到暗房。

一點光都沒有，我準備好鼻子：有一點霉味，更多的是藥水的味道，濕氣厚重，我連打了兩個噴嚏。

終於讓我找到開關。

喀嚓！

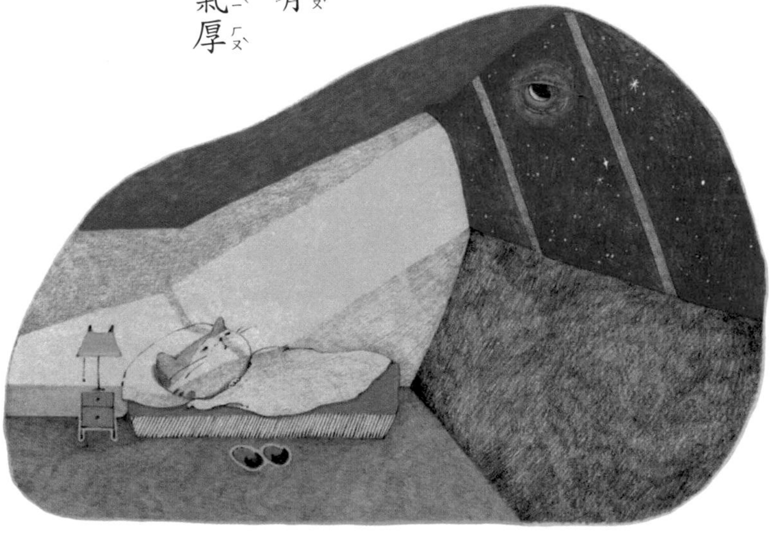

天花板上昏黃的老燈泡，勉強擠出可憐的幾線昏黃的光芒。

我坐在沙發椅上，觀看這個爸爸的祕密基地，各式各樣看不懂的儀器設備、千奇百怪的藥水，還有一個小攝影棚和許多大小水槽，根本是一間實驗室。

突然，我又想起照片旅館的兔子女孩，還有她的話：「記得，我們是朋友喔！不要忘了我！」

我的毛炸裂了。

反正我已經從那個恐怖的照片旅館回家，我可不想再回去那個鬼地方！

我的眼皮越來越沉重，看來我得回床睡覺了。

「吉米三世！記得你的門票。」媽媽提醒。

門票？

「你該不會弄丟了？」媽媽問道，「你知道那張門票可是你爸花了多少錢買的嗎？」

「我知道啦！囉唆！」我用憤怒掩蓋心虛。

完蛋了！我的票在哪裡？我只記得我向媽媽堅持要拿走自己的門票，因為馬戲團的票實在太美麗了——那是一片雕刻著小猴子在雜耍的楓葉。

我幾乎要把腦袋給倒出來找。終於，我想到了——就是那一天

我去了照片旅館。

天哪！我該不會把門票弄丟在那裡吧？

一想到這，我就腳軟了。

絕不可能那麼衰！但我己經把家裡每一個地方都聞過了，就是找不到。

還是直接向媽媽坦承我弄丟門票？但是我可以想像媽媽失落的表情，她一直期待全家一起去看馬戲團表演。

沒辦法，我必須再去一趟照片旅館了。

這一定是詛咒。

「爸，你的鬼相機呢？」

「鬼相機？」

「就是那臺有印著鬼頭的相機。」

「喔，原來它叫做鬼相機。」

「它到哪去了？」

「我把它收到保險箱裡，它沒辦法使用了。」

「為什麼？」

「相機的底片已經買不到了。」

天哪！那不就代表我無法再去照片旅館了。

「你怎麼了？」

「我可以借一下那臺相機嗎？」

「沒想到你對攝影這麼有興趣，不愧是我的小孩。」

爸爸從他的暗室保險箱，拿出鬼相機交給我。

「記得小心點。」

「我會的。」

鬼頭相機比我想像中沉重，我刻意避開鬼頭，我不想再看到那對邪惡的眼睛。

沒有底片，該怎麼辦？我躺在床上，想著方法。無論如何，我一定要再去照片旅館。

我的手錶嗶嗶兩聲，是午夜十二點的提醒聲，再過幾小時，馬戲團表演就要開始。

天哪！這一定是老天的安排，或許還是要請她幫忙才行。

洞穴外頭的兩盞燈還是沒有熄滅，一樣的詭異。

狐狸巫婆沒有等到我敲門，便喊著：「請進。」

雖然來過兩次，但還是覺得害怕。洞穴裡頭依舊濕冷陰森，真搞不懂這裡到底是照相館，還是占卜館。

「請問你有這臺相機的底片嗎？」

狐狸巫婆端詳著相機，「天哪！這相機裡住著惡魔。」

「你不要亂說，這可是我爸的寶貝。」雖然我也有同感，但是我必須捍衛我爸，「沒有的話，我就要走了。」

「我剛好有搜集一捲，」狐狸巫婆的聲音有點顫抖：「但是，我勸你還是不要。」

「那一捲底片請送給我！」

「記住！不要再隨便去照片旅館，那是魔鬼的旅館！」

從門縫窺看，爸媽依舊睡得香甜，肯定作著好夢。

回到暗室，我卸下胸口的鬼相機，卻不小心跟魔鬼圖標對上眼，他邪惡的眼睛好像在譏笑我。

我隨手用旁邊的膠帶，把那個噁心的眼睛封住；此時手錶再度嗶嗶兩聲，提醒我現在深夜一點了。

我立刻解開全新的底片，放入相機，相機馬上自動回捲動底片，它似乎復活了。

我能想像那雙邪惡的眼睛，正在膠帶的縫隙裡，盯著我看。

拿起相機，鏡頭對準我的大頭，按下快門。

喀嚓！

閃光燈幾乎讓我的眼睛瞎掉，我不停的按著快門，希望照片能出現那道入口。

經過十多分鐘，視力才逐漸恢復。
要怎麼沖洗照片呢？
要叫醒爸爸嗎？
算了！
怎麼辦？我到底該怎麼辦！
還是回去找狐狸巫婆吧！畢竟那是一家照相館，她一定有辦法。

「拜託幫我沖洗相片，我必須再去一次照片旅館。」
「這次去，你不一定回得來。」
聽到狐狸巫婆的話，我僵住了，甚至不自覺的發抖。

「我別無選擇……拜託你了！」我深深的給狐狸巫婆鞠躬。

「既然你心意已決，我就好人做到底。」狐狸巫婆又是一陣難聽的大笑。

我在照相館裡，如坐針氈，這裡到處都是過世村民的照片，奇怪的是，雖然這是一家照相館，裡頭卻沒有任何相關的攝影儀器。

她卸下相機裡的底片，在水晶球上繞啊繞，念念有詞：「嗚啦嗚啦，咻啦咻啦。」

沒想到，爸爸必須花費好久的時間，才洗出照片；狐狸巫婆就像變魔術般，一分鐘不到，她的手上就變出十幾張照片了。

「你要的應該是這一張吧！」狐狸巫婆嘿嘿笑著。

照片是一張我的臉部大特寫——眼神充滿著驚慌，不過這不重要！因為我的一顆門牙，竟然是一道小門。

我敲了門，叩叩叩。

嘰乖——門開了。

頭有點痛，回過神來時，我又回到爸爸的暗室，我知道此時正在照片旅館的其中一間客房。

「你回來了，我還以為你從此不會再來了！」兔子女孩相當興奮的抱著我。

廢話不多說，直接切入主題：「你有看到我的馬戲團門票嗎？」

兔子女孩熱情的歡迎，立刻變成冷冰的冬天：「所以你不是為了我而來，是為了這件事來！」

「拜託你把票還給我，我的家人都在等我！」我懇求著。

「這不公平，為什麼你有家人朋友陪伴，我就要孤單的待在這裡。」

「我相信在照片的世界裡，應該還有很多人陪伴著你。」

「他們都是假的，他們只是傀儡，複製著現實的生活，而且他們愛的都不是我，現在連你也一樣。」兔子女孩嗚嗚哭了起來。

我一句話都說不出來，時間一分一秒過去，眼看時間就要到了。

「那你要跟我回到現實世界嗎？」

「我只能永遠住在照片旅館。其實，住在這裡挺好的，你可以溫習許多回憶，你陪我住在這裡好嗎？」

「我想回去我的世界。」

「對不起，我不能讓你回去，因為你可能不會再回來找我了。」

我們靜默了很久，手錶顯示時間快到了。

「我們不能永遠僵持在這裡。」我打破沉默。

「你只要答應留下，這場戰爭就結束了。」

我知道當雙方對立時，只有些微的讓步與妥協才能終止這一場戰爭，我想到一個法子，「如果你答應放我回去觀賞馬戲團，我保證一定會想辦再回到照片旅館。」

「如果你騙我呢？」

「這是我最喜歡的手錶，是爸爸送給我的生日禮物，我一定會回來拿。」我把手錶交給她。

「對了，我還不知道你的名字？」

她回答：「我叫小可，你呢？」

「我是吉米三世。」

「好的，吉米三世，我相信你會再回來找我，我們打勾勾？」

我們一起念著：「打勾勾，打勾勾，守承諾。不守承諾，後果很嚴重。」

果然！馬戲團的門票在她的手中，她還給了我！

「真的很謝謝你！」

有了上次的經驗，我知道把手中的照片撕毀，便能回到現實世界，不過她似乎很擔心我會違反約定。

她的眼神充滿寂寞，讓我的心軟了，但我的理智告訴我，不行！我要回到現實世界！

「你放心，我一定會再回來找你的。」

我撕毀照片，果然回到現實世界。

「這是哪裡？」

「你又跑到哪去了？快點！快來不及了。」

「媽！」

「你差點又錯過時間了。」

正當我要從口袋掏出門票時，「天哪！不會吧！」門票竟然沒有在我的口袋裡，她騙我，沒有還給我。

「你的門票在你的褲子後面口袋，你真是糊塗！」媽媽叨念著。

我們進場欣賞馬戲團表演，實在太精采了！

「咦？爸！你怎麼帶著鬼相機來了！」

「因為我發現它竟然又有底片了！」

我跟爸爸借了鬼相機，猛按下快門，希望在另一個世界的兔子小可，也能看到如此精采的表演。

CIRCUS

作者說

想辦法解決對立，才會成長

長久的對立絕對不會讓你成長，只會讓你筋疲力盡；想辦法解決對立，才會成長。而解決對立的方式，就是妥協，你讓一點，他退一點，雙方都必須付出一些代價；不過同時，你也能夠得到一些自己想要的東西。

超馬童話作家

顏志豪

臺東大學兒童文學博士，現專職創作。

拿起筆時，我是神，也是鬼。放下筆時，我是人，還是個手無寸鐵的孩子。

FB粉絲頁：顏志豪的童書好棒塞。

國家圖書館出版品預行編目（CIP）資料

超馬童話大冒險 . 3, 我們不同國 / 王文華等著 ;
楊念蓁等繪 . -- 初版 . -- 新北市 : 字畝文化出版
: 遠足文化發行 , 2019.09
面； 公分
ISBN 978-986-98039-8-4（平裝）
863.59 108014703

XBTL0003

超馬童話大冒險3 我們不同國

作者｜劉思源、王文華、林世仁、王淑芬、亞平、王家珍、賴曉珍、顏志豪
繪者｜蔡昱萱、楊念蓁、李憶婷、蔡豫寧、陳昕、陳銘、許臺育

字畝文化創意有限公司
社　　長｜馮季眉
編　　輯｜戴鈺娟、陳心方、巫佳蓮
特約主編｜陳玫靜
封面設計｜許紘維
內頁設計｜張簡至真

讀書共和國出版集團
社長｜郭重興　發行人｜曾大福
業務平臺總經理｜李雪麗　業務平臺副總經理｜李復民
實體書店暨直營網路書店組｜林詩富、郭文弘、賴佩瑜、王文賓、周宥騰、范光杰
海外通路組｜張鑫峰、林裴瑤　特販組｜陳綺瑩、郭文龍
印務部｜江域平、黃禮賢、李孟儒

出　　版｜字畝文化創意有限公司
發　　行｜遠足文化事業股份有限公司
地　　址｜231 新北市新店區民權路 108-2 號 9 樓
電　　話｜(02)2218-1417
傳　　真｜(02)8667-1065
客服信箱｜service@bookrep.com.tw
網路書店｜www.bookrep.com.tw
團體訂購請洽業務部 (02)2218-1417 分機 1124

法律顧問｜華洋法律事務所　蘇文生律師
印　　製｜中原造像股份有限公司

2019年9月18日　初版一刷　2023年5月　初版六刷　定價：330元
ISBN 978-986-98039-8-4　書號：XBTL0003